囲われた空

もう一人の〈ジョジョ・ラビット〉

デジレ・ゲーゼンツヴィ＝著
Desiree Gezentsvey
クリスティン・ルーネンズ＝原案
Christine Leunens
河野哲子＝訳

CAGING SKIES

小鳥遊書房

目次

訳者はしがき

本書は、デジレ・ゲーゼンツヴィ（Desiree Gezentsvey）による戯曲 *Caging Skies*（二〇一七）の全訳『囲われた空』を中心に構成されている。caging skies とは、いったいどういう意味だろう。「ケージ」といえばペットを入れる小さな檻のことで、「空」（しかも複数形である）という単語とは本来馴染まない。『囲われた空』と訳されても、戯曲の内容は想像し難い。その一方で、『囲われた空――もう一人の〈ジョジョ・ラビット〉』という本書のタイトルにピンときて、あの印象的な、赤を基調とする映画のポスターを思い出した方も多いのではないだろうか。軍服らしきものを着た愛らしい少年が、中央で手を腰に当てて斜め上を見ている。その背後でコミカルな変顔を作っている人物は、独裁者ヒトラーに見える。

一見何の関係もないように思われる戯曲『囲われた空』と映画『ジョジョ・ラビット』は、実は同じ一つの小説が翻案されて出来上がったものだ。原作となったその作品は、クリスティン・ルーネンズ（Christine Leunens）という作家によって書かれた、戯曲と同タイトルの中編小説で、二〇二三年一月現在、まだ邦訳は出版されていない。原作よりもその戯曲版の翻訳が先行するのは珍しい事例になると思われるので、この翻訳に着手するまでの経緯を簡単に記しておきたい。

二〇二〇年一月一七日付の日本経済新聞「シネマ万華鏡」欄で、映画『ジョジョ・ラビット』には五つの星がついた。それは通常「今年有数の傑作」に与えられる評価であり、評論家は「家族への愛がユーモラスに語られ、他民族を平然と抹殺するナチスへの怒りが皮肉をこめて語られる」とした上で、「ここに、かつて見たこともない繊細で魅力的な反ナチス映画が誕生」と述べている。後日この作品を観た私は、確かに「かつて見たこともない」と思ったが、何か強い違和感を覚えた。特に、ラストシーンで演出されている「楽しさ」が、ひどく不謹慎であるように思われた。その場面を観た瞬間、「面白い！」と感じた自分にも戸惑った。エンディングに至るまでに起きた出来事が、紛れもないホロコーストの悲劇といえるものだったからである。

そこで、検索してみると、全く違うタイトルの原作が存在することがわかった。*Caging Skies* というその小説についてさらに調べると、同じタイトルの芝居がニュージーランドのウェリントンで上演されたという[1]。小説は簡単に注文できたが、戯曲を入手する手立てをすぐに見つけることはできなかった。ほどなくして、脚本を書いたデジレ・ゲーゼンツヴィ氏が作成した、自身の父、ヴォルフ・ステレンタル（Volf Sterental）氏を偲ぶ動画[2]を視聴し、ますますシナリオを読みたいと考えるようになった。ステレンタル氏はナチスドイツの強制収容所の一つ、ベルゲン・ベルゼンから生還した方であった。つまりゲーゼンツヴィ氏は、ホロコースト生存者の「第二世代[3]」ということになる。それを知った時点で、翻案元が同じであっても、映画と戯曲は全く違うものになっているだろうと予想した。

その後 *Caging Skies* が上演された劇場に問い合わせると、ゲーゼンツヴィ氏本人から返信があり、そこに脚本が添付されていた。一読したときの印象は、原作小説の後半は割愛されているが、原作に忠実な脚色というもので、予想通り『ジョジョ・ラビット』とは大きく異なる内容であった。しかし、その後脚本の翻訳に取り組み、さらに、原作小説、映画、戯曲という三つの作品を比較検討するうちに、実は原作と戯曲のあいだにも、本質的な違いがあることが、少しずつわかってきた。その違いは、小説と演劇というメディアの違いというより、ホロコーストの記憶に対する二人の作家／脚本家の、心理的な距離の違いに由来するのではないか、と考えるに至った。また、この『囲われた空』が原作小説から翻案される過程は、一人のホロコースト生存者の直接の記憶が、最も身近な家族にどのように伝わったのか、その一端を示す重要な手がかりを含んでいるという感触も得られた。これに対する根拠を、それぞれの作品や、ゲーゼンツヴィ氏から訳者に届いたメッセージの中に見出し、巻末の訳者解説に収めた拙論「三人のヨハニス——*Caging Skies* のアダプテーションを読み解く」において明らかにした。

本書の主眼は、あくまで戯曲『囲われた空』の翻訳にあり、この作品が日本でも実際に上演されること、少しでも多くの方に読んでいただくことを目指している。その一方で、三つの作品が織り成すダイナミックなアダプテーションの世界が、ホロコーストの記憶の受容と継承に貢献する、大きな可能性に迫りたい。

註

（1）https://www.circa.co.nz/package/caging-skies参照。ニュージーランドの首都、ウェリントンにあるシルカ劇場（Circa Theater）で、二〇一七年八月一二日から九月九日まで上演されている。

（2）https://www.youtube.com/watch?v=vbS46_1Ugpw 参照。読者の皆さんにも、是非この動画を視聴していただければと思う。

（3）「第二世代」の存在については、ヘレン・エプスタイン（Helen Epstein）による一九七九年の著書 *Children of the Holocaust : Conversations with Sons and Daughters of Survivors* でおそらく初めて言及があったとエヴァ・ホフマン（Eva Hoffman）が指摘している（Hoffman xi）。なお、このエプスタインの著書には、一九七三年にシーガルとレイコフら（J.J Sigal & V.Rakoff）が提出した論考 “Some Second-Generation Effects of the Survival of the Nazi Persecution” が、ホロコースト生存者が我が子に与えた心理的な影響を初めて体系的に研究したものであると記されている（Epstein 182）。

囲われた空

CAGING SKIES

本物の情熱。本物の嘘。

ヨハニスは、ウィーン・ヒトラー・ユーゲントの熱心なメンバーであるが、致命的な秘密を知る。家族が若いユダヤ人女性エルサを家に匿っていたのだ。彼女の命運は彼が握り、二人は忘れがたい旅路を歩みはじめる。そのとき、囚われた者と自由な者、勝者と敗者の境界はあいまいになり、各々が生き残りの道を模索しなければならない。戦争の恐怖が二人を包みこんでいく。

子どもたちが無邪気にイデオロギーの嘘を信じ、親が我が子を恐れ、嘘が一人歩きを始めると、一体何が起きるのか？

「若者の心をつかむ者だけが、未来を我が物にする」

——アドルフ・ヒトラー

「嘘をつくときは、大きな嘘を、シンプルに。何度も繰り返せば、終いに人は信じるようになるだろう」

——アドルフ・ヒトラー

『囲われた空』は、政治と個人という二つのレベルにおける嘘の問題を深く掘り下げる作品で、人の心の最も暗い部分をむき出しにする。これは普遍的な重要性がある物語であり、人々を震撼させた過去の出来事を彷彿とさせるだけでなく、あらゆる場所で、今、私たちの身近で起きていることをも映し出す。

舞台は、第二次世界大戦下のウィーン、一九四四年夏から四五年冬までのおよそ一年半のあいだに設定されている。

◉登場人物

ヨハニス（一七歳）――ブロンド、碧眼、オーストリア人。
ロスヴィタの息子で、一一歳よりヒトラー・ユーゲントに入って育つ。爆発により左頬に大きな傷跡があり、左側の脚を引きずり、左腕と手に不自由が残る。時間の経過に伴い、顔の傷の生々しさはなくなり、身体の動きはやや改善する。

エルサ（二〇代半ば）――ブルネット、黒い瞳、潜伏中のオーストリア系ユダヤ人。

ロスヴィタ（四〇代）――ブロンド、碧眼、オーストリア人、ヨハニスの母親。

祖母（七〇代）――ブロンド、碧眼、オーストリア人、ヨハニスの祖母。

◉セット

ヨハニスの家の三つの場所

・ラウンジ／ダイニングルーム

・ヨハニスの寝室

・書斎

隠れ場所は二ヵ所

・第一の隠れ場所は、書斎の壁のパネルの向こうにある。ヨハニスは最初そこでエルサを発見する。
――パネルは周囲の壁と見分けがつかないようになっている。

・第二の隠れ場所は、ラウンジの床板の下（隠れた落とし戸がある）。

◉音楽と音響の選択肢

『囲われた空』のワールドプレミアで使用されたオリジナル楽曲は、脚本全体で使用すべき箇所についての詳細と共に要望に応じて使用可能。

ジェレミー・カレン（Jeremy Cullen）作成のオリジナル楽曲と音響は、ジェレミー・カレン（ピアノ）、ユリイ・ゲーゼンツヴィ（Yury Gezentsvey）（バイオリン）により演奏され、二〇一七年、ウェリントンにてレコーディング済みである。そこにはカーステン・ロバートソン（Kirsten Robertson）（ピアノ）とユリイ・ゲーゼンツヴィの演奏による「プニャーニのスタイルによるクライスラーの前奏曲とアレグロ」が含まれる。

註：このクライスラーの楽曲は『囲われた空』の上演で使用可能であるが、一部の国では、使用権を得ることが必要である。

『囲われた空』　――タイムライン　（ヨハニス／エルサ）

――一九三九年九月一日　ヨーロッパで第二次世界大戦勃発／一九四五年五月八日　終結。

――一九二七年三月二五日　ヨハニス誕生／一九一九年　エルサ誕生（およそ八歳の年齢差）。

――一九三一年　ヨハニス四歳、姉クララが一二歳になる直前に糖尿病で亡くなり、以来エルサがバイオリンの練習で家を訪れることをやめた。エルサは当時一二歳。

――一九三五年九月　ドイツでニュルンベルク法が制定された。エルサ一六歳／ヨハニス八歳。

――一九三八年　ヨハニス一一歳でヒトラー・ユーゲント加入。

――一九三八年三月　ナチス・ドイツがオーストリア共和国を併合した。後に言う「アンシュルス（独墺合邦）」である。ナチス・ドイツは権力を握ると、即座に反ユダヤ法をウィーンをはじめ全オーストリアに施行した。この法律の目的は、旧オーストリアの経済、文化、社会生活からユダヤ人を排除することであった。当局はユダヤ人コミュニティを閉鎖し、委員会のメンバーをダッハウ収容所へ送った。一九三九年夏までに数百のユダヤ人所有の工場と、数千のユダヤ人経営の会社が、政府によって閉鎖もしくは、押収された。

――ヨハニスの父の工場「ヤーコフ&ベッツラー」がユダヤ人共同経営者ヤーコフを失い、「ベッツラー」のみとなる。

――一九三八年一一月九日　水晶の夜（クリスタル・ナハト）が起きた。ヨハニスは一一歳で、外に出ることを止められるが、ラジオのニュースで聞いたことをおぼえている。

——一九四二—四三年　エルサがヨハニスの両親によって匿われる。

——一九四四年夏　ヨハニスがエルサを見つける——劇中の二人の物語はおよそ一年半にわたる。

——一九四五年四月　ソビエト軍がウィーンを解放する。ヨハニスは大きな嘘をつく……

——一九四五年晩秋／冬　劇が終わる。エルサ二六歳／ヨハニス一八歳。

第一幕

第一場

――一九四四年、ウィーン――夏（数週間）

最初の数分間、舞台上でヨハニス（一七歳）が重篤な傷から回復する様子が表される。ヨハニスは、自分の所属するヒトラー・ユーゲントの部隊が、連合軍の首都爆撃に対する防衛にあたった際に負傷した。頭と顔の左側に包帯が巻かれている。左腕は包帯で吊られている。左腕の自由はきかず、左脚も引きずっている。

不気味な音（爆音、空襲警報、戦闘中の叫び声、ささやき、足音）が昼夜を問わずヨハニスには聞こえており、そのすべては彼の想像上のものであるか、まるで実際に聞こえているかのようにリアルである。

夜。空襲警報のサイレン、爆音、飛行機の音、戦闘中の叫び声が聞こえる。ヨハニスはベッドに横になって眠り、悪夢におそわれてうめき、寝返りをうつ。

ヨハニス　（眠りながら興奮して）走れ！　隠れろ！　キッピ……キッピイ——！

ロスヴィタ（ヨハニスの母）が駆けこんできて、ヨハニスの手をやさしくなでる。

ロスヴィタ　しー……しーっ……ヨハニス、大丈夫よ……しー……

ヨハニスの呼吸がゆっくりとしたものになり、ロスヴィタは彼の顔を布でぬぐい、毛布をかけなおして部屋の外に出る。

昼。ささやき声。ヨハニスが目覚め、なんとか起き上がり、耳をすます。

ヨハニス　そこにいるのは誰？　ねえ？

ささやきが止む。頭がふらついて混乱し、ヨハニスは後ろに倒れこむ。

夜。雷鳴と雨音。

ヨハニスは悪夢から覚め、おびえている。「幽霊」を振り払う。

ヨハニス　消えろ！　死にたくない、僕は死にたくないよ！

ヨハニスは毛布を頭からかぶる。祖母が脚を引きずり、弱った様子で部屋に入ってくる。心配そうにベッドに近づき、ヨハニスの顔から毛布をめくる。

ヨハニス　（突然恐怖におそわれて叫ぶ）――――祖母　（突然恐怖におそわれて叫ぶ）

あああー！　ああああああああー！

二人は互いに見つめあう。祖母はゆっくりとヨハニスの横に寝て、片腕を彼にかける。間もなくヨハニスは右手を祖母の手に重ねる。二人は目を閉じて眠りに落ちる。

【転換】

第二場　——数週間後——昼

ヨハニスはベッドになんとか起き上がり、負傷した左腕と、顔の包帯に初めてふれる。

ヨハニス　母さん！……母さん!!

彼は起き上がろうとするが、左脚が固まって動かず、痛む。
ロスヴィタが駆けつけ、起き上がるのを助ける。

ロスヴィタ　ああ、よかった！　目が覚めたのね！　本当に心配だったわ——

ヨハニスは臭いをかぎ、むかついた様子を見せる。

ヨハニス　このひどい臭いは何？
ロスヴィタ　（嘘をついて）ああ……ごめんなさい、トイレのパイプが――
ヨハニス　（あたりを見まわし、不愉快そうに）僕の部屋に何してくれたの？　ナイフはどこ？
ロスヴィタ　あら、具合がよくなってきたんじゃない？

祖母、入場。

祖母　ヨハニス、起きたんだね！　私の大事な子！（ヨハニスが怒っているのを見て）どうしたんだい？
ヨハニス　僕のナイフだよ！　どこなの？
ロスヴィタ　落ち着いて。何も捨ててないわ。もう我慢できなかっただけなの。軍隊のキャンプみたいになっていたから。
祖母　ヨハニス、わかっておくれ……

祖母はヨハニスの手を取ろうとするが、彼は手を引っこめる。

ヨハニス　ここは**僕**の部屋だよ。

ロスヴィタ　ここは**私**の家よ。（壁に大きなヒトラーの肖像がかかっているのを見て）総統の肖像が一つあるだけで充分でしょ。

祖母はおびえてロスヴィタを見る。

ヨハニス　母さん、言葉に気をつけて――
ロスヴィタ　何なの？　自分の母親を批判するの？
祖母　ロスヴィタ、お願いだよ！
ロスヴィタ　（ためらいがちに、探るように）お父さんのことを言ってるの？
ヨハニス　は！　父さんが面倒なことになるとしたら、全部自分で蒔いた種さ。

ヨハニスは苦労してベッドから起き上がる。

ロスヴィタ　どうするの？
ヨハニス　見たいんだ。

ヨハニスは脚を引きずりながら鏡のほうに向かう。ロスヴィタと祖母は心配してヨハニスを支える。

ヨハニス　（続けて）知ってるよ。父さんが僕に会いに来てないこと。
祖母　そんな言い方はないよ。お前の父さんは――
ロスヴィタ　（祖母の話をさえぎって、目で警告する）お父さんはいないの……出張で。工場がとんでもないことになって、すごく大変なの。お父さんがあなたを愛してることはわかってるでしょ。
ヨハニス　（鏡を見て）これを取って。

ロスヴィタはためらう。

祖母　お前が思うほどひどくないよ……
ロスヴィタ　まだ日が浅いから――
ヨハニス　取って。

ロスヴィタは包帯をはずす。
ヨハニスはうめく。額から眉、左目の下から頬にかけて大きな傷がある。

ロスヴィタ　（つらそうに）時間がたてば、ほとんどわからなくなるわ。
祖母　前よりハンサムになるさ。
ロスヴィタ　運がよかったのよ。ひどい脳震盪《のうしんとう》だった。視力を失うところだったの、命までもとは言わないけれど。

ヨハニスは鏡をのぞきこむ。

ヨハニス　ほんと、なのかな？　キッピは……死んじゃったの？

間。ロスヴィタが頷く。

ロスヴィタ　本当に残念……自分の子どもみたいに思っていたから。何があったの？

ヨハニスは前を向いて黙っている。
ロスヴィタはヨハニスを両腕で包みこむ。

祖母　お前が生きていてくれて、とにかくありがたいよ……さあ、休まなくちゃ。

二人はヨハニスがベッドに入るのを介助し、上掛けをかける。祖母は退場し、しばらく母子二人にする。

ロスヴィタ　（ヨハニスの額にキスをして）何もかも、うまくいくわ。

ロスヴィタがその場を離れようとすると、ヨハニスが手をつかんで引き戻す。ロスヴィタは心を動かされ、ベッドに腰かけてヨハニスの髪をなで、彼が幼いころ好きだったブラームスの子守歌を歌う。

ロスヴィタ　*Guten Abend, gute Nacht, mit Rosen bedacht, mit Näglein besteckt, schlupf unter die Deck! Morgen früh, wenn Gott will,wirst du wieder geweckt...Morgen früh, wenn Gott will, wirst du wieder geweckt...*

【転換】

第三場　――夜明け

ヨハニスは眠っている。用心深い足音、床板のきしむ音、くぐもったささやき声。

ヨハニスははっとして起きる。耳をすませ、目を見張る。

ヨハニス　母さん？

物音が止む。ヨハニスは用心して待つ。再び足音とささやき声。ヨハニスはそっと部屋を出て、薄闇の中、あたりを探る。

同時に、ロスヴィタが爪先立ちでラウンジを通り抜け、手には小さなタオルをかけたおまるを持っている。

二人は鉢合わせて叫ぶ。ロスヴィタは危うくおまるを落としそうになる。

ロスヴィタ　あああ！　起きて何してるの？　びっくりするじゃない！
ヨハニス　物音がしたんだ。（おまるの臭いが不快で、吐く真似をして）なんでそんなの使ってるの？　具合でも悪いの？
ロスヴィタ　気分が悪かったの、ごめんなさい……捨ててくるわ……（部屋を出て、おまるの処理をする）
ヨハニス　（疑って、部屋の外に向かって叫ぶ）父さんが戻ってるの？
ロスヴィタ　（舞台の外で）お父さんですって？　違うわ。どうしてそんなことを聞くの？
ヨハニス　母さんが誰かと話す声が聞こえたんだ。ささやき声でね。

ロスヴィタが入ってくる。

ヨハニス　（続けて）おばあちゃんと話してたなんて言わないでね。ささやき声だと全然聞こえないんだから――
ロスヴィタ　お祈りをしていただけなの。
ヨハニス　父さんがここにいるんだろ？
ロスヴィタ　いないわ。絶対に！
ヨハニス　父さんを匿ってるんだろ！　何かまずいことになっていて、だから、父さんのこと、匿ってるんだ！
ロスヴィタ　お父さんは逮捕されたの！　ゲシュタポが来て、家中を捜して……何も見つけられなかった。それから工場のほうに行ってお父さんを逮捕したの。（間、泣かないようにしながら）何週間もたつのに、お父さんがどこにいるのか教えてもらえないの！

ヨハニスは、信じられず、母をじっと見つめる。

ロスヴィタ　（続けて）お父さんが家にいるのに、あなたのところにすぐ来ないなんて、そんなことあるわけないでしょ？
ヨハニス　僕が一一歳になったときからずっと、父さんは僕に駆け寄ってはくれなかったよ——
ロスヴィタ　あのときのこと、何度も話したわよね……お父さんがどう思うかわかってた？　かわいい我が子が暴徒に混じって、司教さまのお屋敷に乱入するなんて！　あれからあなたは——
ヨハニス　今度は母さんが父さんみたいなこと言ってる！
ロスヴィタ　子どもの心は憎しみで満たされるべきじゃない。
ヨハニス　僕が初めて制服を着たとき、母さんがどんなふうに僕を見てたかおぼえてる。僕を誇りに思ってくれていた……僕にとっていいことだって、父さんにもそう言ってたよね。おぼえてる？
ロスヴィタ　すぐれた兵士は、赤ん坊の頭を壁に打ちつけても、動じてはいけないって彼らが教えるまではね！

ヨハニス　感情は敵なんだ。論理だけが、究極のゴールに届く道なんだよ。すべては頭の中にある。心の中じゃない。

ロスヴィタ　感情は、私たちの内にある神様の叡智よ。

ヨハニス　神様なんていないよ！　人々の心の中にいるだけさ。

ロスヴィタ　あ！　今「神様はいる」って言ったわね。

ヨハニス　（困って）ただ、人の一部になっているってことさ。神を見ることはできない。呼びかけても誰も応えないんだ。

ロスヴィタ　愛を見たことがあるの？　その手でふれたことがある？

ヨハニス　神は、人がつくったものの中で、最もばかげたものだよ。

ロスヴィタは笑い、ヨハニスを困惑させる。

ヨハニス　（続けて）この世界がどんなふうになるか、見ててごらんよ。凡人を全部消し去って、アーリア人の僕たちだけになって、あるべき本来の姿になったときに。

ロスヴィタ　誰もがおんなじ恰好で、同じように考え、同じことをするような世界？　そんな理想の世界で、あなたは一体何者になるの？　わからないでしょうね。緑の木にいる緑のトカゲみたいに、姿が見えなくなっちゃうのよ！

ヨハニス　自分が何者か、僕はちゃんと知ってる。あの方のおかげで。ヘルデンプラッツのバルコニーで、あの方が声を限りに叫んでおられる姿を見て、初めてわかったんだ。僕は決して忘れない。みんなが歓声を上げて、旗が風になびいて……もっとよく見ようと彫像にのぼろうとしたら、父さんが僕を引き降ろして家に引っ張ってきたんだ。（間）そして母さんたち！　笑ってたよね。僕らがやがてこの世界を治める日がくると、あの方がおっしゃっていると僕が話したとき！　二人がばかにしてるあいだに、**あの方**は僕が**かけがえのない存在**だと言ってくださった。

ロスヴィタは首をふる。

ヨハニス　（続けて）（ロスヴィタの沈黙に困惑し）だから、はっきり言っとくけど、母さん、アドルフ・ヒトラーのために死ぬことは僕にとって最高の幸せなんだ！

ロスヴィタ　（大声を出して、ヨハニスをびっくりさせる）そうね！　目を覚まさないと、死ぬことになるのよ！　あなたの総統は狂ってる！　祖国の人々をたくさん殺しているわ！　障がいのある赤ちゃんを飢え死にさせ、心や身体に問題のある子どもや大人たちには毒薬を注射しているの！

ヨハニスは肩をいからせる――彼の表情から、今の話を否定しないことがわかる。

ロスヴィタ　（続けて）ああ、なんてこと。どういうことかわかってるの⁉　もうすぐ傷痍《しょうい》軍人や……（**あなたみたいな！**）**身体の不自由な人たち**が……殺されるのよ。

ヨハニス　ああ、母さんはすぐ騙されるんだ。そんなの敵のプロパガンダだよ！　戦争が終わったら、僕はヒーローとして称えられるんだ。きっとそうなる。

ロスヴィタ　（ヨハニスの目をじっと見て）もう、あなたのことがわからない。（間）あなたが幼いころでよかった。お姉ちゃんが亡くなったのが。もしそうでなかったら、今のあなたが殺していたのかも！

ロスヴィタ退場。

ヨハニスはヒトラーのポスターを見つめる。

「ジークハイル！」というフレーズと、パレードの歓声が聞こえる（ヨハニスの記憶）。

【転換】

第四場　——翌日

ヨハニスはラウンジをまわり、床、天井、壁を調べる……

ヨハニスはロスヴィタが家に帰ってくる音を聞き、カウチに走り、眠っているふりをする。

ロスヴィタ　（舞台の外から）ねえ？　ヨハニス？

彼女は買い物かご（パズルの小箱、石鹸、赤い毛糸が入っている）を提げてラウンジに入ってくる。ヨハニスが眠っているところを見る。

ドアをノックする音がしてロスヴィタは驚く。かごを床に置き、退場する。

ヨハニスが起き上がり、ロスヴィタのかごの中を探る——パズルの箱を見つけて（自分用だと思い）微笑む。

ロスヴィタ　（舞台の外で）あとをつけてたの？［……］シーッ。今はだめ。また知らせるから。約束する［……］さあ、行って！

ヨハニスは急いでパズルをかごに戻してベッドに座り、今起きたばかりというふりをする。ロスヴィタが入ってきて、薄手のコートを脱ぎ、ヨハニスを見る。

ロスヴィタ　あら、起きたのね。
ヨハニス　誰だったの？
ロスヴィタ　ヴィドラーさんよ。小鳥が一羽逃げちゃったから、見かけたかどうか聞きにいらしたの。
ヨハニス　見たの？
ロスヴィタ　いいえ。お気の毒な方。そばにいるのが小鳥だけだなんて。腕の具合はどう？　添え木を外してみないと。

ヨハニスは肩をすくめるが、ロスヴィタが添え木を外そうとしても抵抗しない。左腕と手を動かそうとするがうまくいかない。

ヨハニス　棒っきれみたいだ。
ロスヴィタ　（ヨハニスの腕をさすり）よくなるわ。少しずつ動かしていけば。
ヨハニス　（かごにあったパズルを渡してほしくて）今日はおじいちゃんの靴を何と交換してきたの？

ヨハニスはかごに手を伸ばすが、ロスヴィタはヨハニスの手が届かないように素早くかごを引き、中から石鹸を取り出す。

ロスヴィタ　石鹸！　そしてトイレットペーパー。（ヨハニスに赤い毛糸を見せながら）あ、それからこのきれいな毛糸。おばあちゃんの好きな色よ。すてきなショールを編んであげようと思うの。（部屋を出がけに）お茶飲む？
ヨハニス　（わけがわからず、無理に微笑みながら）うん。

ロスヴィタが退場。ヨハニスは困惑している。

【転換】

第五場　――その後

ヨハニスはラウンジの中を探る。

カウチの下にバイオリンのケースを見つけ、引っ張り出してふたを開ける。

バイオリンを出して、板の部分に指を滑らせたあと、弦をつまびく。ヨハニスはケースを調べ、内布が二重になっていることを発見する……それをはがし、中からパスポートが入った封筒を取り出す。パスポートのページをめくり、困惑する。

ヨハニス　エルサ……エルサ・サラ・コア。**ユダヤ人**。

ヨハニスはパスポートでやけどをしたかのように、取り落とす。部屋の中を疑り深く見まわす。

ドアの音。

ロスヴィタ　（舞台の外で）ただいま、ねえ？　帰ったわよ。

ヨハニスは急いでパスポートとバイオリンをしまい、ケースをカウチの下に滑りこませる。ちょうどそこへロスヴィタが入ってくる。

ロスヴィタはいぶかしげにヨハニスを見る。

ロスヴィタ　一体何をしていたの？
ヨハニス　（臆することなくロスヴィタを見つめ）ネズミを探してたのさ。
ロスヴィタ　ネズミですって？
ヨハニス　何か音が聞こえるって言ったろ。

ロスヴィタはヨハニスの衣服を整える。

ロスヴィタ　ああ、ヨハニス、暇で仕方ないのね。具合もよくなってきたから、外へ出かけたらいいわ。ボランティアとか……戦争協力のために。
ヨハニス　（皮肉っぽく、顔を引きつらせ）ああ、わかってる。この顔で敵を脅せばいいんだろ！

ロスヴィタ　さあ、支度をしてあげる……

ロスヴィタはヨハニスを軽く押して、自分の部屋に向かわせる。

ロスヴィタ　（続けて）お友達と話すといいわ。きっとみんなあなたに会いたがってると思う。

ロスヴィタはワードローブからヒトラー・ユーゲントの制服を取り出し、彼が着るのを介助する。ベルトをかけようとすると——

ヨハニス　僕のナイフ。

ロスヴィタはしぶしぶヨハニスのナイフ入れをつかみ、ベルトにつけて、バックルを留める。ヨハニスを見て、彼の襟を整えてやり部屋を出る。
ヨハニスの物腰が変わり、すっくと立って鏡を見る。

ヨハニス　違う、母さんたちが、そんな——自分の命をかけるもんか。（間）彼女が……**親戚**でもない限り？　いや、違う、違う、違う。ありえない。（誇らしげに）僕らはアーリア人だ。生粋の。（ヒトラーのポスターのほうを向き、右腕を上げて）ハイル・ヒトラー！

【転換】

第六場　――夜

ロスヴィタは爪先立ちで書斎に向かう。エルサに出すお茶を持っている。
ヨハニスが現れ、ロスヴィタを驚かせる。

ロスヴィタ　ヨハニス！　起きて何してるの？

ロスヴィタは急いでお茶を二、三口飲んで、自分の分だというふりをする。

ヨハニス　眠れないんだ。本でも読みたいな。
ロスヴィタ　そう……私は寝ます。あまり夜更かししちゃだめよ。

ロスヴィタ、お茶を飲みながら退場。

ヨハニスはロスヴィタを見て、立ち去るのを待つ。明かりをもって、書斎を探り、壁を調べる。

ヨハニスは壁紙に線が入っていることに気づき、小さなドアの形を手でなぞる。

ナイフを取り出し、ためしにドアを押してみる。隙間に刃を入れ、ドアを押し開く。暗闇に明かりを掲げる。

彼女を見る。若い女性。エルサ（二五歳）は、壁の向こうの小さな空間に座っている（夏物のワンピースを着ている）。

エルサはおびえ、明かりで目がくらみ、両腕を上げて自分の顔を守り、ヨハニスから顔をそらして、首をさらす。

ヨハニスはナイフをエルサの首につきつける。エルサは緊張し、おびえる。間もなくヨハニスは手を引っこめる。エルサはヨハニスを見る。

ヨハニスは今まで経験したことのないような感覚で魅了され、エルサを見つめる。ゆっくりとあとずさり、パネルを閉じる。まだ手にしていたナイフを見る――彼にはすべきことができない。後ろに下がり退場する。

【転換】

第七場 ―― 昼

小鳥のさえずり。ロスヴィタがスープを二つ持って登場。

ロスヴィタ　ヨハニス！　お昼ごはんよ。

ヨハニスはロスヴィタと共にテーブルにつき、食べはじめる。ロスヴィタはのろのろ食べる。

ヨハニス　おばあちゃん、また具合悪いの？
ロスヴィタ　グレゴール先生に電話しないといけないかも。（間）出かける？
ヨハニス　僕を追い出したいわけ？
ロスヴィタ　いいえ、もちろんそんなことないわ。任務があるのではと思っただけよ。何をやらされてるの？

ヨハニス　招集令状を配達してる。僕と同じ年ごろの人にと思うかもしれないけど、違うんだ、年とった人たちに令状が出てるんだ。息子が戦場で戦っているか、もう死んじゃったっていう人たちにさ。

ロスヴィタは首を左右にふる。

ヨハニス　（続けて）このあいだ、ドアをノックして待ってたんだ。もう行こうかな、って思ったとき、おじいさんがドアを少しだけ開けた……誰だかわかんないくらいにさ——

ロスヴィタ　誰だったの？

ヨハニス　年とった小学校の先生、おぼえてるだろ、僕にノアの箱舟をくれた——

ロスヴィタ　グラシー先生⁉

ヨハニス　そうだよ。

ロスヴィタ　あの先生は絶対クビになるべきじゃなかった。なぜ完璧で素晴らしい教育を変えなきゃいけないの——（自分を抑えて）クララは先生が大好きだった。あの子が亡くなったときも、私たちに本当にご親切だった……あなたにも、とてもよくしてくださった。

ヨハニス　先生は僕をちゃんとおぼえていて、この傷をじっと見つめて、僕の姿を上から下まで見て、がっかり、っていうか、嫌そうにしてた。瞼がたれ下がった目をして、頭のはげたおいぼれのカメみたいだったな。あんな人が祖国のために何ができるっていうんだろ?

ロスヴィタ　それでどうなったの?

ヨハニスはお皿から最後の一さじをすくって食べる。

ヨハニス　別にどうってことないさ。僕は先生に令状を手渡した。そしたら先生は僕の目の前でドアをバンって閉めたんだ。

ロスヴィタは同情のまなざしでヨハニスを見る。
ヨハニスはロスヴィタの皿を見る——ロスヴィタは食べるのをやめていたが、皿に食べ物が残っている(ヨハニスはロスヴィタがエルサのために残していることを知っている)。

ヨハニス　それ食べないの?

ロスヴィタ　あ……取っておくの……あとで食べようと思って。

ヨハニス　(試そうとして)僕、腹ペコだよ。

ロスヴィタはためらうが、皿をヨハニスのほうに滑らせる。

今度はヨハニスがためらう。

ロスヴィタ　お食べなさい。私なら大丈夫。

ヨハニスはスプーンを取り、全部食べる。立ち上がり、制服をきちんと伸ばす。

ヨハニス　ハイル・ヒトラー。

ヨハニスは脚を引きずりながら部屋を出る。

【転換】

第八場　――昼

ヨハニスはナイフを手に、エルサの隠れ場所に近づき、耳をすましてからパネルを開ける。
エルサは日の光が目に入ると、顔を覆い、ヨハニスを見る。その顔の傷をひるまずにじっと見る。

ヨハニス　名前は?
エルサ　エルサ。エルサ・コア。
ヨハニス　エルサ・**サラ**・コアじゃないのか?

エルサは黙っており、あの小さなパズルの箱をもてあそんでいる。

ヨハニス　どのくらい僕の家にいるんだ?

エルサは肩をすくめる。

ヨハニス　（ナイフでパズルの箱を指しながら）それは何だ？

エルサ　パズルよ。あなたのお母さまがくださったの――

ヨハニス　僕によこせよ。

エルサはパズルをヨハニスに渡し、ヨハニスはそれを受け取る。しばらくためらってから、ナイフを片づける。

ヨハニス　（続けて）外に出てきていいよ。

エルサ　（弱々しく）ああ、大丈夫よ……ありがとう。

エルサは立ち上がるために（けがをした腕だと知らず）ヨハニスの左手を取ろうとする。ヨハニスはエルサの手を押し返す。

エルサ　ごめんなさい、あなたの腕のこと……気づかなかったの。（バイオリンやクララの話をして、ヨハニスと意思疎通をはかろうとする）バイオリンをやってたころは、手にけがをするのが一番怖かった……クララはいつもそんな私のことを笑ってた……

ヨハニスはエルサが誰だかわかり、驚く。

ヨハニス　君は……姉さんの友達だったんだ！（間、思い出や感情がよみがえる）僕が小さいころ、姉さんと一緒に練習するために家によく来てたね。僕……おぼえてるよ……

エルサは頷き、微笑もうとする。ヨハニスはエルサをあらためて見直す。思いがけない感情が芽生える。

鍵とドアの音がする――二人とも飛び上がるほど驚く。

ロスヴィタ（舞台の外で）ヨハニス、ただいま！　どこ？

ヨハニスとエルサは不安そうに顔を見合わせる。ヨハニスは彼女に身振りで静かにするように伝え、エルサもその真似をする。ヨハニスはパネルを閉めて退場する。

【転換】

第九場　――承前

ヨハニスはラウンジに入る。ロスヴィタも同時に疲れ果てて入ってくる。

ロスヴィタ　何時間も歩き続けたの。お父さんの情報が欲しくて。誰も知らなかったし、知りたくもないのよ。（コートを脱いで座る）この街、ここに住んでる人たちのこと……わからなくなってきた。今日、かわいそうな女の人のそばを通ったの。まるで中世みたいに、さらし台にくくられて立たされていたのよ！　髪の毛は刈られて、スラブ人と関係をもちましたって書いたプラカードを下げていた。どこかの愚か者がその人をののしってた……実際に顔につばを吐きかけた男性もいたの！　私には何もできなかった。何か言えば撃たれるか、ギロチンにかけられちゃうの――（言いすぎたことに気づく）

ヨハニス　工場には行った？

ロスヴィタ　一緒に行きたいって言ってたわね。違った？　少し待ってね、そしたら出かけられる。

ヨハニス　（エルサと一緒に家にいたくて）うん……

ロスヴィタは台所に行き、戻ってくる。

ロスヴィタ　私の小さな電話帳見なかった？　絶対台所の引き出しにあったのに。
ヨハニス　たぶん、母さんの部屋に置いてあるんじゃないの。
ロスヴィタ　いいえ、ちゃんと見たわ！　私、どうかしちゃったのかしら？　あれがゲシュタポの手に渡ったらどうしよう？
ヨハニス　なんでそんなに心配するの？　何も隠すことなんてないだろ？
ロスヴィタ　（また出かける準備をして）さあ、行きましょ。
ヨハニス　実は今日、脚がすごく痛いんだ。だから……
ロスヴィタ　ついてこないの？
ヨハニス　でも母さんは行かないとね。（自分の制服を指して）とにかく、みんな僕なんかより、母さんと話したいんじゃないかな。そうだろ？

ロスヴィタはヨハニスを見て、退場。
ヨハニスはロスヴィタが出かけたのを確かめてから、書斎に駆け戻る。

【転換】

第一〇場　――承前

ヨハニスは壁のパネルを開ける。

エルサ　お母さまはどこに？
ヨハニス　（そっけなく）買い物に出かけた。おばあちゃんは寝てる、具合が悪いんだ。
エルサ　お気の毒ね。私のこと、ご存知ないわよね、おばあさまは。

二人は少しのあいだ互いに見つめ合う。

ヨハニス　出てこいよ。そこは暑いだろ。

エルサはためらうが、ゆっくり踏み出す。脚が弱っている。

ヨハニスは、ナイフに手をかけ、エルサに近づく（気持ちは複雑である——彼女は「敵」であるが、そうではない）。

エルサは一歩後ろに下がる。

エルサ　（ヨハニスとなんとか心を通わせようとして）ヨハニス、あなたのことおぼえてるわ。いつもクラの部屋に飛びこんできたわね。自分もバイオリンを弾いてみたくて。でもまだ小さかったから、持つのがやっとだったし、ひどい音を出して、すごくおかしかった……本当にかわいかった——

ヨハニス　（誇らしげな姿勢で）僕はもう四歳じゃない、一七なんだ。（間、好奇心をあらわに）クララが——あれからどうして君を見なかったんだろう。つまり、君は僕らの学校には来てなかったよね、そうでなきゃ、学校で見かけたはずだから。どうやって会ってたの？

エルサ　お父さまと一緒に工場をやっていたユダヤ人のヤーコフさんと、私の父が友達で……ヤーコフさんが、クララが練習のためにバイオリンを欲しがってるとおっしゃって。うちの両親にはお金がなくて、私のレッスン代をもう出せなくなったの——

ヨハニス　だから父さんが君のバイオリンをクララのために買ったんだね。

エルサ　お父さまは、私がすごく悲しんでいるのをご覧になって、クララの練習のために、いつでも家においでと言ってくださったの。

ヨハニス　父さんがそう言ったの？

エルサ　クララと私はすぐ友だちになった。会えなくて今も寂しい……

ヨハニス　（クララを思い出し、態度を和らげて）変だな。クララのことより、バイオリンのことをよくおぼえてるんだ。（間）ときどき、何かの拍子に思い出すんだ……このあいだみたいに。国民突撃隊に召集された子たちのパレードを見かけて、みんな大人用のヘルメットやブーツを身につけてた……そしたら、母さんの靴や帽子でおめかししたクララのこと、思い出したよ――

エルサ　なぜ子どもたちが国民突撃隊に？（用心しながら）ドイツは戦争に負けるの？

ヨハニス　（かっとなって）ドイツが、負ける？　ばかな！（エルサから目をそらし）年なんて関係ないだろ？我が民族を救うためなら――（考え事をしつつ行ったり来たりして）僕が君を見つけたこと、母さんには知られちゃいけない。パニックになるし、君をどこか他所《よそ》へやろうとするだろう。それはあまりに危険だ――皆にとってね。（間）そっちに戻らないと。

ヨハニスはパネルを開け、エルサは中に入る。

エルサ　なぜ私を助けてくれるの？

ヨハニスはエルサを見つめ、肩をすくめてパネルを閉じる。

自分の部屋に行き、ヒトラーの肖像画を見つめる。

ヨハニス　（ヒトラーに向かって）彼女を助けてはいません！（間、考えながら）エルサは僕の囚人なんだ！

【転換】

第一一場　——夜。秋

遠くで爆音がする。
祖母がカウチで眠っており、毛布がかかっている。軽くいびきをかいている。
ロスヴィタがショールをまとって彼女のそばに座り、赤いショールを編んでいる。

ロスヴィタ　ああ、どうぞ神様、私を強くしてください……ウィルヘルムをお助けください……

ヨハニスが入ってきて、隠れて立って母親を見つめる。

ロスヴィタ　（続けて）彼らはどこにいるのかしら？　今ごろはここに来てくれてるはずだったのに。私たちに爆弾を落としてるだけじゃない！　もう我慢できない！

ヨハニスは近づいて、母の肩に手をおいて、驚かせる。

ヨハニス　どうしたの？

祖母が身体を動かし、寝言を言う。

ロスヴィタ　それは……お父さんのことよ……マウトハウゼンに送られたから！
ヨハニス　わかってたよ！　父さんが面倒なことになってるって――
ロスヴィタ　もう寒いわ。お父さんは、どうやってこの冬を越すのかしら？
ヨハニス　何かできることがあるはず……そうだ！　僕らのグループリーダーに話してみる――
ロスヴィタ　だめよ！　何か言えば、あなたまで逮捕されてしまう！

空襲警報、爆撃の音。
祖母が起きる、茫然としている。

祖母　ん？……何が起きてるんだい？

ロスヴィタ　さあ、お母さん、急いで地下室へ！

ロスヴィタが助け起こそうとするが、祖母は抵抗する。

祖母　（警報よりも大きいくらいの声で叫んで）ここにいて、安らかに死ねないのかい？　ウェディングベールと一緒に埋めておくれ、あ、入れ歯も頼むよ！　もし夜に死んだら、入れ歯を忘れないでおくれ！

ヨハニス　にっこり笑うときのためだね？

ヨハニスは祖母を助け起こしながら微笑む。

祖母　入れ歯を見つけるまで、ちゃんと焼け跡を捜しておくれよ！　それから音楽。私の好きなバッハのアリア……ちゃんとしたお葬式をしてほしいよ。

ヨハニス　もしこの家が崩れても、すばらしい家に入れるってわけだね。

ロスヴィタは祖母の肩を毛布でつつみ、歩くときに介助する。

祖母　ばかなこと言うんじゃないよ！　お葬式はとても大事なことだよ。天国と煉獄の境目でもあるの。あたしは知ってのとおり、いい家の出だからね！

ヨハニスはエルサを気遣い、少し留まる。

ロスヴィタ　（祖母と退場しながら）何を待ってるの？　さあ急いで、行くわよ！

ヨハニスは駆け出し、三人は退場する。

飛行機の轟音と、危険なほど近くで爆弾が落ちる音がする。

【転換】

第一二場　――昼――一日後

小鳥のさえずる声。
ヨハニスは書斎の前を歩いており、手にはパズルの箱を持っている（ポケットには、紙に包んだバターつきパンが入っている）。

ヨハニス　（神経質に、エルサにどう話しかけるか、練習している）やあ、エルサ、大丈夫？　今考えてたんだけど――（咳払いをして）エルサ、昨日の夜、心配してた――ねえ、ちょうど考えてたんだけど、母さんが君のためにこれを手に入れたんだから――（リラックスするために身体をふるわせて）やあ、エルサ、これ、君が持ってるべきだと思う。

ヨハニスは話すのをやめ、傷のある顔にふれ、深く息をする。悪い方の腕にパズルを抱えて書斎に入り、壁のパネルを開ける。
エルサは光に適応するため、目を細める。

エルサ　（心配して）ヨハニス……お母さま、大丈夫？　空襲があってから、会いにいらっしゃらないの！
ヨハニス　（肩をすくめ）一日中出かけてるんだ。

ヨハニスはエルサのほうにパズルを差し出す。
エルサは感謝して頷きつつそれを受け取り、微笑む。
ヨハニスは脇にどき、隠れ場所からエルサに出てくるよう身振りで合図する。
エルサはパズルを置いて、這い出て、床に座り、ヨハニスを見る。

ヨハニス　（はにかみ、ぎこちなく）僕……心配だった……君のことが……爆弾がほんとに近くに落ちたから！
エルサ　そのときどんな感じがするか知ってる人がいるとしたら、それはあなたね。
ヨハニス　僕は暗いクローゼットに一人で閉じこめられてたわけじゃないよ。

ヨハニスはエルサのそばに座る。

ヨハニス　（続けて）母さんが、どうやって君がいないふりできるのか、わかんないよ！
エルサ　だからこそ私が生きていられるの！　お母さまのおかげで。（ひととき、ヨハニスの手に自分の手を重ねて）そして今は、あなたのおかげでもある。

ヨハニスは束の間、エルサの手を取り、目を見つめる——心が乱れ、今までに体験したことのない感情が起きる。

エルサ　（手を引っこめて）ずっと言おうと思ってた……本当にかわいそうね……キッピのこと。お母さまが言ってらした。あなたは何が起きたのかおぼえていないと。すごく怖かったに違いないわ。

間。ヨハニスはにやりと笑いながら頭を左右に振る。

ヨハニス　すごかったんだ。（空を見上げて）連合軍の爆撃隊がVの字になって空を飛んでいた……爆弾がひゅるひゅると音をたてて僕らの周りに落ちてきた……（間、追体験して）僕らは反撃した。初めて銃を撃つ任務について、一機、撃墜したよ！（エルサを見て）本当に飛行機を撃ち落としたんだ！現実じゃないみたいだった。スピンして落ちてくるとこなんか……近くの原っぱに墜落したんだ。気持ちを抑えられなかったんだ……。「ビリになるのは女の子!」だからね。(間)僕らは飛行機に向かって走った。キッピは機首のほう、僕は尾翼に。そしたら爆弾が落ちてくる音がして……最初、キッピは恐怖で大きく目を開けて、僕のほうを見て立ってた、次の瞬間あいつは……あいつは——(声をつまらせ、泣かないようにして)

エルサ　あなたのせいじゃない。(手をヨハニスの肩におく)聞いてる? ヨハニス……

ヨハニス　僕らは、ヒトラー総統の近衛兵隊に入りたかっただけなんだ。(間、エルサを見る)心も身体も完璧じゃないとだめなんだ。キッピと僕はお互いをチェックして、基準に合わないところは何でも直そうとしてた。

エルサ　たとえば?

ヨハニス　(得意げに微笑む)一二歳のころ、僕は巻き爪になってた。それが記録に残るとまずいんだ。だから、キッピがよく処置してくれたんだよ。

エルサはぞっとした様子で口を覆う。

ヨハニス　(続けて)僕らは、痛みにひるまず我慢するよう教えられてた。でもハサミを見るたび、パニックになって笑いだしちゃうんだ……キッピも笑っちゃうんだよ——

エルサは、おもしろいと同時に怖いと思う。
ヨハニスはエルサと一緒に笑う。

ヨハニス　（続けて）キッピが一五歳になったとき、やり返したんだ。あいつは耳から毛が生えてきたから、ヒトラー総統はお前がサルの親戚だとお考えになるぞ、って言ってやった。それで耳の毛をピンセットで抜いてやった！（間、笑うのをやめる）相手に痛い思いをさせるのが二人とも本当に怖かった。
エルサ　あなたたち小さいころから、兄弟みたいだったから。おぼえてるわ。

ヨハニスはしばらく黙る。
ポケットから、包んだパンをひと切れ出し、エルサに渡す。
エルサはナプキンの包みを開ける。

エルサ　（驚いてヨハニスを見る）でも……あなたの配給分でしょ？

ヨハニスにパンを返そうとする。

ヨハニス　君のためにとっといたんだ。

エルサ　ありがと……ありがとう。

エルサはパンを二つに割き、半分をヨハニスに渡す。ヨハニスは彼女の所作に感動する。二人は一緒に食べはじめる。

エルサは目を閉じて、パンの味を楽しむ。微笑まずにいられない。

ヨハニス　（照れて）何かおかしい？

エルサ　何も……父さんと母さんは、バターの正しい使い方のことでよくケンカしてた。母さんは、塊の横から薄くスライスしてたけど、父さんは、上から掬《すく》い取ってたの。ほとんどすべてのことについて、二人の考えは違ってた……靴下のたたみ方、お祈りの仕方、とか。

ヨハニス　君はどう思うの？

エルサ　掬い取ったバターのほうが使いやすいし、丸まった靴下のほうが楽しい。お祈りについては、神様は全然聞いていらっしゃらないと思う。

間。

ヨハニス　家族はどこにいるの？

エルサ　（肩をすぼめて）兄たち、サミュエルとベンジャミンは、アメリカに行きたがったの。ニューヨークに親戚がいるから。でも、父さんたちは、ウィーンと、そこでの暮らし、友だちのことが大好きだったから、そんなこと考えもしなかった――（間）自分たちのビザを申請しようとしたときには、もう遅すぎた。一年以上、みんなの消息を知らないわ。

ヨハニス　一年以上？　君がこの家にいたっていうこと？（間、ショックを受けて）母さんが、すごくぴりぴりしてたのも無理ないね！　休暇で僕が家に帰ってくるたび、僕がそばにいるのを嫌がってるのがわかったよ！　何週間もベッドにくぎづけだったときは、僕は頭が変になりかけてるのかなって思った。物音が聞こえるから……母さんもおかしくなっちゃうんじゃないかって心配になった。父さんが逮捕されてからは――

エルサ　逮捕された!?　私のせい？　耐えられない、もしそうなら――

ヨハニス　エルサ、考えてごらんよ。もし君に関係があるんだったら、君だって逮捕されてたはずだよ。心配しないで。父さんは何も言わないから。

エルサ　（恥じ入って）そんなつもりじゃないの……ごめんなさい。お母さまやあなたにとって、すごくつらいことよね……本当にごめんなさい……

ヨハニスはエルサの顔から髪をひと房のける。ためらいがちに恥じらいながら、キスしようとして目を閉じる――

エルサは顔をそらし、神経質に笑う。
ヨハニスは、プライドを傷つけられ、後ろにのけぞる。

エルサ　（ヨハニスを怒らせたのではと気遣い）ごめん！　ごめんなさい。小さいころのあなたの顔が急に浮かんで――ごめんなさいね、ヨハニス。どうか許して。

ヨハニスは、真面目な顔でエルサを見る。

ヨハニス　母さんに、君を見つけたって言うよ。
エルサ　だめ！　あなたも言ってたでしょ、お母さまはパニックになって、私を他所へやろうとされるわ。
ヨハニス　そんなことないよ、状況はよくなる。君に会いたいとき、僕はいつも来られるようになるし、母さんも君のことを僕に秘密にする必要がなくなるんだ――
エルサ　お母さまはもう限界なのよ！
ヨハニス　エルサ、黙って。僕を信じるんだ。

間。エルサは脚を動かそうとするが、痛む。ふくらはぎをさすりはじめる。

エルサ　脚を動かさないと……支えてくれる？

ヨハニスはエルサの腰に腕をまわし、彼女が立ち上がるのを助けるが、数歩歩いただけで膝ががくりと折れてしまう。

エルサ　（続けて）だめ、無理だわ。座らせてくれる？

ヨハニスはエルサが床に座るのを助け、彼女の隣に座る。

エルサは自分の脚をマッサージする。おずおずとヨハニスは手を伸ばし、エルサの脚を持ち上げて自分の膝にのせ、やさしくマッサージする。

エルサは身体を引かない――ヨハニスとつながりをもちたいと望んでおり、彼を怒らせたくない――そしてヨハニスはやさしさを見せる。

ゆっくりとヨハニスは手を上に這わせ、エルサのふくらはぎ、膝……さらに上をマッサージする。

居心地の悪さを感じ、エルサは脚を動かす。

エルサ　（きまり悪そうに）私にはフィアンセがいるの。（間）ネイサンっていうの。

ヨハニスはぎくりとする。

エルサ　（続けて）彼は素晴らしくて、数学がすごくできて、**四**ヵ国語も話せるの――ドイツ語、英語、フランス語とヘブライ語よ。

ヨハニス　ヘブライ語は言語のうちに入らないな。

エルサ　**あなた**がそう思うとしても、三ヵ国語はできるっていうことだし、普通の人より多いでしょ

――

ヨハニス　（イライラして）何か得意なスポーツはある？　何ができるの？

エルサ　あんまりスポーツはやらないの。むしろ読書や勉強のほうが好き――

ヨハニス　よくいるタイプだな。

エルサ　目は青いの。あなたみたいにね。でも、眼鏡をかけてる。

ヨハニス　（まだ不機嫌で）写真持ってる？

エルサ　（驚いて、頷く）見たい？

エルサは小さな写真を服の下から出し、ヨハニスに見せる。

ヨハニスは写真を手に取り、軽蔑してそれを見て、返そうとしない。

エルサ　戦争が終わったら、私たち結婚するの。彼が前にそう約束してくれたの――

ヨハニスは立ち上がり、隠れ場所に入るようエルサに合図する。

ヨハニス　母さんがもう帰ってくる。

エルサは隠れ場所に戻る。

エルサ　今度はいつ来てくれる？

ヨハニスは肩をすくめる。

エルサは写真を取り返そうと手を伸ばすが、ヨハニスは身体を引いて、パネルを閉じる。

ヨハニスは自分の部屋に行き、写真を見てポケットにしまう。

ヒトラーの目がヨハニスを咎めるように見つめている。

ヨハニスは布を手にとり、ヒトラーの肖像を覆い、葛藤して立ち尽くす。

ロスヴィタ　（舞台の外から）（興奮して叫んで）ヨハニス！　ヨハニス!!

急いでヨハニスは肖像にかけた布を取り除く——退場。

【転換】

第一三場　――昼――　承前

ヨハニスがラウンジに入ると、ちょうどそのときロスヴィタが外の通りから駆けこんでくる。

ロスヴィタ　誰かが家《うち》の扉にペンキでレジスタンスのコードを書いていったわ。「05」って！
ヨハニス　ああ、心配いらないよ。どこにでも書くんだ。
ロスヴィタ　違う！　これは警告よ。告発してるの。私にはわかる。（ますます不安になり）ねえ、近所の人たちは、お父さんのことを知ってる。このあいだも電話で、「ヴィルヘルムはお元気？　工場のほうでお忙しいの？　しばらくお見かけしないけど」って軽い調子で話されたけど……ほら、あの変なノイズ、小さなカチカチっていう音が聞こえたの。わかるでしょ？　盗聴されてるのよ！
ヨハニス　いつでも誰かが盗聴してるさ、母さん、そんなことわかってるだろ！

ロスヴィタはバイオリンケースがいつもの場所にないことに気づく。

ロスヴィタ　これ、動かしたの？　誰かがここに来たのね！

取り乱して歩きまわり、ヨハニスのほうを向く——

ロスヴィタ　（続けて）地下室に行って。黄色いペンキ、シェーンブルン・イエローのを探してきてちょうだい。「05」の上に塗るの——見えなくなるまで、何度も重ね塗りするのよ。

ヨハニスはためらう。

ロスヴィタ　（続けて）さあ、塗ってきて！（ヨハニスの立ち去り際に）誰ともしゃべっちゃだめよ！

ヨハニスが行ったことを確認してから、バイオリンケースを取り出し、パスポートがあることをチェックする。ほっとして元に戻す。

【転換】（時間が経過）

第一四場　――夜――数週間後――冬

ヨハニスは眠っている。布団にすっぽりくるまり、帽子とスカーフをしている。エルサはショール、スカーフ、帽子で身を包み、凍えており、空腹で身体が弱っており、ゆっくりとヨハニスの部屋に入ってくる（手にろうそくを持っている）。ふるえながらヨハニスのベッドのそばに跪き、彼の寝顔を見る。手をヨハニスの顔のところにもっていき、その傷にそっとふれる。静かに泣く。

ヨハニスは驚いて起きる。

ヨハニス　エルサ！

ヨハニスはエルサの髪をかきあげ、その手にふれる。

ヨハニス　凍えてるよ！
エルサ　家の中をもう少し暖かくできないかしら？
ヨハニス　石炭を節約しないといけないんだ、このくらいなんでもないよ！

毛布を持ち上げ、場所をあける。

ヨハニス　（続けて）入りなよ……暖かいよ。

エルサはベッドの端に腰かける。ヨハニスは彼女の後ろに跪き、自分の毛布で彼女の肩を包みこみ、上からやさしくさすりはじめる。

エルサ　森で木を切ってきて、火をつければいいわ。
ヨハニス　（不自由な腕を指して）それか、本を燃やせばいいや。
エルサ　どの本？
ヨハニス　母さんが何年も前に隠したやつだよ。篝火《かがりび》の夜の日にね。あのときは本当に暑かった……インクが燃える臭いがしたな――

エルサ　（怒って）おぼえてる。

ヨハニス　キッピと僕は、年上の子だけが本を投げこませてもらえたから、嫌だったな。僕らがやろうとしたら、殴られた……（間）家に帰ったら、母さんが重たいかごを持って二階に上がろうとしてた。僕を見て、かたまってた。手伝おうと思って母さんのところに行ったら、かごに本がぎっしり詰まってるのが見えた……それで僕らが面倒なことになるよって言ったんだ。母さんは、冬に火をおこすとき、燃やす紙がもっといるようになるといけないから、取っておくって言ってた。

エルサ　本を燃やすくらいなら凍えたほうがいい。（間、苦悩して）でも、お母さまはどこにいらっしゃるの？　何日も会いに来てくださらないの、何か変だわ！　あなたがいなかったら、私――（間）お母さまはご存知だと思う？　私たちのこと……

ヨハニス　（「私たち」という言い方に気をよくして微笑む）僕らのこと……？　いいや。母さんは何もつかんじゃいない。僕がこの数ヵ月、自分の食べるものを半分取り置きしてるってことも気づいてないんだ。母さんはおびえている。父さんのことしか考えられないんだ……

ヨハニスはエルサの隣に座り、手を握る。

エルサ　ヨハニス、お願い。私に何か食べるものを探してきてちょうだい。

ヨハニスは爪先立ちで部屋を出て、一杯のスープを持って戻ってくる。

ヨハニス　冷たくてごめん。

ヨハニスはエルサの隣に座る。エルサはスープを飲み、手の甲で口をぬぐう。

エルサ　ありがとう。

ヨハニスはエルサに寄りかかる。エルサは身体を引かない。ヨハニスはエルサにそっとキスをする。エルサはおざなりに感謝してキスを許す。

エルサ　（居心地悪そうにして）戻らないと。

エルサは立ち上がり、ドアのところに行く。ヨハニスはそのあとについていき、腕をつかむ。

ヨハニス　どうしたの？

エルサは身を振りほどき、怒ってヨハニスのほうを向く。

エルサ　どうした、ですって⁉　もうあそこには戻れないわ、こんな暗闇はもう我慢できない！　叫びたいし、髪の毛を抜いちゃいたい！

ヨハニス　しーっ……！　静かに！

エルサ　何なの？　私が死んでも、何が変わるっていうの？　起きても、寝てても同じでしょ！　ただ真っ暗なだけだもの！

ヨハニス　ごめんよ、つらいのはわかる……ねえ、僕の懐中電灯を持ってきてほしい？　まだちゃんとした電池が一つ残ってるんだ――

エルサ　そんなことわざわざ聞く必要ある⁉

ヨハニスは気分を害しつつ立ち去る。懐中電灯を見つけて持ってくる。

エルサ　ごめんなさい、ヨハニス、私はただ……

ヨハニス　さあ、見せてあげるよ。

ヨハニスはスイッチの入れ方を教えるとき、エルサの手を取る。

ヨハニス　エルサ……

エルサはヨハニスの手もとから自分の手をよじって引きはなし、彼の顔にまともに懐中電灯の光をあてる。

ヨハニス　エルサ、やめて！

エルサは懐中電灯を消す。

エルサ　真っ暗でしょ。自分のことも見えないわ。だから私はいない、っていうこと。
ヨハニス　君は、僕にとってちゃんと存在しているよ。君の姿が見えても見えなくても。エルサ……君のことが好きだ。

ヨハニスはエルサにキスをする。エルサは彼を押し返す。

エルサ　やめて！

ヨハニス　しーっ……！

母親の耳に入るのを恐れ、ヨハニスは手でエルサの口を覆う。エルサは呼吸が苦しくなり、あえぐ。ヨハニスは自分の行動にショックを受け、エルサを離す。

二人は空襲警報のサイレンに驚く。

ヨハニス　（欲求不満で）あ――っ！
ロスヴィタ　（舞台の外から）ヨハニス！　どこにいるの？
ヨハニス　今行くよ！

ヨハニスとエルサは、ロスヴィタが近づく音を耳にしてパニックになる。
エルサは毛布の下に隠れる。

ロスヴィタ　（舞台の外から）ヨハニス、急いで！　おばあちゃんを連れ出すから手伝って！
ヨハニス　行くってば！

ヨハニスはエルサのほうを振り返り、暗闇の中に駆け出す。

エルサは怖くなってベッドから出て、懐中電灯を握りしめる。

飛行機と、爆音が近づく——大きな爆発音がする。

エルサは、爆発のたび身をふるわせる。懐中電灯をつけて家の中を歩きまわる——退場。

【転換】

第一五場　――昼

ヨハニスは帰宅すると、母親と祖母がパニックに陥っている（ラウンジがめちゃくちゃになっている）。祖母はバイオリンケースをつかんでいる。

ロスヴィタ　どこに行ってたの⁉　彼らがやってきて、いろいろなことを聞いていったわ――
ヨハニス　ここに誰が来たって？
祖母　ゲシュタポだよ！　二人来たんだ！
ヨハニス　何だって？　なぜなの？
ロスヴィタ　爆撃のせいなの！　ヴィドラーさんの家がやられて！　ああ、神様、私たちはどうすれば？
ヨハニス　落ち着いて、全部話してよ。
ロスヴィタ　（落ち着くどころではなく）はじめは、近所のことについて聞きたいことがある、って言ったの。「ここの家はやられたか?」って。いいえ、と答えたわ。「被害は?」いいえ。「庭を見てもいいか?」ええ、もちろんどうぞ。そして彼らは歩きまわって、木の種類を尋ねたり、どのくらいの樹齢か、私たちが植えたものかどうか、とか……

祖母　木に何の関係があるんだか⁉

ロスヴィタ　彼らは二階の窓をずっと見ていて、あれはどの部屋の窓か?って聞くの。書斎の窓で、時折、客間として使うって答えたわ――

祖母　――でも、この家にはもう長いあいだ、お客なんか来てないよ!

ロスヴィタ　空襲のあいだ、みんな地下室にいたかと聞かれて、はいって答えた。そしたら、「誰か二階にいるのを忘れちゃいないか?」って。

祖母　二階の誰を忘れるっていうんだろ、幽霊かい?

ヨハニスは神経質に笑う。

ロスヴィタ　「じゃあ、電気をつけたままにしていたのか?」そんなはずないわ。電気はついてなかったし、私はいつもカーテンを閉めておくから!「でも、あの窓に一つ、明かりが見えたそうだ」って。

ヨハニス　(落ち着いているふりをして、エルサのことを考える)彼らに何て言ったの?

祖母　そんなの嘘だって言ってやったんだ!

ロスヴィタ　自分の目で、確かに明かりを見た、と言う人がいるんですって！

祖母　そうやって言い張るんだよ！　本当にひどかった、ヨハニス――

ヨハニス　（今思い出したかのように）空襲の前はあそこにいた……眠れなかったから、懐中電灯で本を読もうとしたんだ。サイレンが鳴りはじめたとき、消したかどうかおぼえてないよ。ばかだった、わかってる、でもとにかく逃げ出したんだ――

ロスヴィタ　カーテンを開けたの⁉

ヨハニス　本当に、ごめんなさい、ごめんなさい――

ロスヴィタ　ごめんなさい、ですって⁉　なぜそこまでうかつになれるの？　この世界はどうかしちゃってるのよ！　ゲシュタポは裏切り者を絞首刑にして、さらし者にしてるの。私たちのことを、敵に合図したって責めたの！　私は言ってやった、どうしてご近所を敵が爆撃するのを助けたりするでしょうって。「じゃあこの家は爆撃されたか？　いいや。でも近所の婦人はそれほど幸運じゃなかったようだな？」って。

祖母　それから、窓がちゃんと覆われてるか見たいから中に入れてほしいと言われて、そしたら、あらゆるところを見て、家《うち》にあるものを褒めるふりをしてた――

ロスヴィタ　本当に怖かったわ……

ヨハニス　何が見つかるって思ってたの？

ロスヴィタ　わからない！　何もよ。でも彼らがどんなふうか、あなたもわかってるでしょ。お父さんが逮捕されたことも知られてるし、それから……そうね、あの人たちは、何か見つけたい、って思ったら、見つけちゃうのよ！

ヨハニス　それで見つけたの？

祖母　もちろん何にも！　それから帰り際に、お前の母さんに一人がお礼を言ってから、「素晴らしい息子さんがおありだ。自慢できますね」って言ったんだ。そこはよかったね。

ヨハニス　（ロスヴィタに皮肉っぽく）で、母さんは、いつもどれほど僕を誇りに思っているか話したんだろ。

ロスヴィタは怒ってヨハニスをにらむ。

ロスヴィタ　ねえ、私の言うことを聞いて。ヴィドラーさんのお宅に伺ってほしいの。今あの方は、グレゴール先生のところよ。何もかも失くされたの。タオル、シーツ、冬の衣類をお持ちしてちょうだい。何をして差し上げたらいいか、聞いてくるのよ。わかった？

ヨハニスは、反抗的な顔をして母を見る——退場する。
ロスヴィタは母親からバイオリンのケースを取る。母親の手を、安心させるようにさする。

ロスヴィタ　心配しないで……さあ、寝に行ってくださらい、休まないといけないわ。

祖母はロスヴィタを見て頷く――退場する。

同時に…ロスヴィタはバイオリンケースを開け、パスポートがまだあるかをチェックする……

ヨハニスは、爆撃のあと、エルサが無事かどうか確かめるため隠れ場所に向かう。エルサの髪がひと房、ドアからはみ出ているのに気づく。その髪を指に巻きつけ、突然引っ張る。

エルサ　（舞台の外から）痛いっ！

ヨハニスはパネルを開けて、エルサに静かにするよう合図する。

ヨハニス　君のこと信じてたのに！　君は僕らみんなをトラブルに巻きこもうとしてるんだ。

ヨハニスはパネルを閉じ、退場する。

ロスヴィタはパスポートを取り出し、胸にあて、安堵してから、ブラウスの胸元に差し入れる

……バイオリンケースをカウチの下に滑りこませ、退場する。

【転換】

第一六場　——同日

ヨハニスは毅然として帰宅し、あたりを見まわす（誰もいない）。

ヨハニス　ただいま、誰かいる？

ヨハニスは懐中電灯がベッドの上にあるのを見て、母がエルサから取り上げたに違いないと思い、パニックになる。
隠れ場所に駆けつけ、エルサと対決すべく、パネルを開ける……しかし、エルサはいない——跡形もなく消えている。
ショックを受け、ヨハニスはパネルを閉じる。彼は家の中を見まわし、呼吸を整え、母が来るのを待つ。

ドアをノックする音がする。ヨハニスはチェックに行く。

ヨハニス　（舞台の外から）母は留守です。

ヨハニスは結んだ紐を持って戻ってくる。家の中を歩きまわるが、エルサのことでストレスを感じている。

母が戻った音がしたので、急いで紐をシャツのポケットに押しこむ（紐の端がはみ出ている）。

ヨハニスは後ろ手に懐中電灯を持っている。

ロスヴィタが疲れて入ってくる。

ヨハニス　どこに行ってたの!?

ロスヴィタ　おばあちゃんの具合が悪くて、病院に連れていかなきゃならなかったの。

ヨハニス　ずっとそっちにいたの？

ロスヴィタ　（ヨハニスの尋問口調に困惑して）ヴィドラーさんはどうしていらした？

ヨハニス　鳥のことでがっくりしてた。

ロスヴィタ　かわいそうな方。他に誰もそばにいないから。

ヨハニス　どんな気持ちか、僕にはよくわかるよ。

ロスヴィタ　そう？　お父さんのこと……？
ヨハニス　違うよ。
ロスヴィタ　キッピのことね？　当然よ、一番の親友を失ってつらいのは。

ヨハニスは首を横に振る。

ロスヴィタ　（続けて）それじゃあ、誰のこと？
ヨハニス　言ってみなよ。
ロスヴィタ　誰のことなのかわからないわ。
ヨハニス　（ストレスが高まり）わかってるはずだよ。

ヨハニスは懐中電灯を見せる。

ロスヴィタ　（事務的に）あなたの懐中電灯？　元の場所に戻しておいたわよ。
ヨハニス　どこにあったの？
ロスヴィタ　本棚よ。あなたが置いたんだと思ったわ。
ヨハニス　（泣きそうになって）そう、僕がきっと……置き忘れちゃったんだ。

ロスヴィタはヨハニスが泣きそうになっているのを見て、彼に腕をまわす。ヨハニスは母に寄りかかる。

ロスヴィタ　あなただってつらいわよね。
ヨハニス　母さん、どうか、本当のことを言って。彼女はどこにいるの？
ロスヴィタ　どうして私があなたに嘘をつかなきゃいけないの？　おばあちゃんはしっかりしてるから、すぐ戻ってこられるわ。お医者様も肺炎だっておっしゃってたし。

ヨハニスはこらえきれなくなる。

ヨハニス　おばあちゃんのことを言ってるんじゃないよ、わかってるくせに！　彼女はどこにいるの？　ねえ、教えてよ、どこにいるの⁉
ロスヴィタ　誰のこと？
ヨハニス　知らないふりはやめなよ！　僕に嘘をつかないで！
ロスヴィタ　何を言ってるのか、全然わからないわ。

ロスヴィタはヨハニスのポケットから、結んだ紐のはしが出ているのを見て、引っ張り出す。

ロスヴィタ　（続けて）（はっとして）これは何？
ヨハニス　（感じ悪く）結び紐だよ。
ロスヴィタ　それくらいわかるわ。どうしてポケットに入ってるの？
ヨハニス　頭が変な女が母さんを捜しに来たんだ。これを母さんに渡してくれって。
ロスヴィタ　（動揺して）いつのこと？
ヨハニス　たった今だよ。
ロスヴィタ　（結び方をチェックして——結び紐は暗号になっている）その人は何がいると言ってた？　何か伝言はある？
ヨハニス　（肩をすくめる）「今しかない」って。（間）母さん、頼むよ。もう教えてよ。僕は知るべきなんだ！
ロスヴィタ　知る、って何を？
ヨハニス　本当にひどいなあ！
ロスヴィタ　小さい声で。
ヨハニス　彼女が僕の声を聞いたらまずいんだろ？
ロスヴィタ　誰が？
ヨハニス　エルサだよ。

ロスヴィタ　エルサ？
ヨハニス　エルサ・コアさ。エルサ・**サラ**・コア！
ロスヴィタ　誰のことを言ってるのかわからないわ。
ヨハニス　ああ、頼むよ！　クララの友だちのことだよ！　母さんたちは彼女の面倒を見てきたんだろ、書斎の隠れ場所に匿って！
ロスヴィタ　あなたの空想ね！
ヨハニス　彼女はクララとバイオリンを弾いていたよね。

ヨハニスはバイオリンケースをつかんで、ふたを開ける。

ロスヴィタ　何をしてるの？

ヨハニスはケースの中を探るが、エルサのパスポートは見つからない。

ヨハニス　どこにいったの？　彼女のパスポートはここに入ってたんだ。違うって言うつもり？
ロスヴィタ　ああ、ヨハニス。トラウマだったのね。
ヨハニス　夏に彼女を見つけたんだ！　それからこっそり会ってたんだよ！　彼女の両親や、兄弟、婚約者のことなんかも知ってる！　全部僕の作り話だというの？

ロスヴィタは黙っている。

ヨハニス　（続けて）（あおるように）彼女はクララの身代わりなんだ、そうじゃない？

ロスヴィタの顔色が変わる。

ロスヴィタ　（冷たく）彼女をどうしたいの？
ヨハニス　彼女と話さないといけない。
ロスヴィタ　だめよ。
ヨハニス　そうしなくちゃ！
ロスヴィタ　彼女のことは忘れなさい。年上すぎるし、彼女には――（ネイサンがいる）
ヨハニス　母さんに言われたくないよ！
ロスヴィタ　じゃあ、ヒトラーは何て言うかしら？　もうあの人の言うことは聞かないの？　教えて――このユダヤ人は他のユダヤ人とどう違うの？　彼女のご両親、兄弟、ネイサンとは？　彼女は劣等人種じゃないの？　他の**人間のクズ**と一緒に、根絶やしにしないといけないんじゃない？

ヨハニス　彼女は……違うんだ。
ロスヴィタ　ああ、彼女は違うのね！　あなたの大好きな音楽の先生はどう？　お父さんの大事なパートナー、ヤーコフさん、そして彼のご家族、あの人たちも別なのね？
ヨハニス　そう！　いや違う！　僕にはわからないよ！
ロスヴィタ「ヤーコフ・アンド・ベッツラー」が「ベッツラー」だけになったときのことおぼえてる？　それともまだ小さくて気づかなかった？
ヨハニス　彼女がどこにいるか、教えてよ！
ロスヴィタ　わからない。ここにはいないわ。
ヨハニス　他所《よそ》へやったんだ！
ロスヴィタ　違う。自分から出ていったの。会いに行ったら、隠れ場所はもぬけの殻だった。私も今のあなたみたいにショックだったわ。たぶんあの子は私たちを守ろうとしてるのよ。

ヨハニスは怒って母親のほうに詰め寄る。

ヨハニス　嘘だ！
ロスヴィタ　ヨハニス、私があなたに教えたら、あなたたち二人の命を危険にさらすことになるの！　彼らは拷問して白状させるのよ！

ヨハニス　ねえ、お願いだから。今、母さんが僕を苦しめてるほど、彼らはひどい拷問をしないよ。
ロスヴィタ　拷問がどんなものか、あなたは知らないのよ！　さんざん痛めつけて、最後は、この痛みを減らしてくれるなら、どんな犠牲を払ってもいい……誰の命と引き換えでも、自分の命を差し出してもいいと懇願するまで、苦痛を与えてくるの。
ヨハニス　彼女を愛しているんだ。
ロスヴィタ　それは本当の愛じゃない、のぼせてるだけ！
ヨハニス　母さん、お願いだよ！
ロスヴィタ　（ヨハニスがかわいそうになって、態度を和らげる）あの子はアメリカに、ニューヨークに向かっているの。家族がそちらにいるから。向こうに着いたら、すぐあなたに知らせるわ。約束する。

ヨハニスは母を信じられず、にらむ。

ロスヴィタ　（続けて）本当よ！　私をそんな目で見ないで！　何が望み？　嘘をついてほしいの？　あの子が死んだって言ってほしいの？

ヨハニスは怒って母の両腕をつかむ。

ヨハニス　彼女の本当の居場所だよ！

ロスヴィタはヨハニスを振り払う。

ロスヴィタ　その通りよ！　私は嘘をついた。あの子はまだウィーンにいる。安全よ。（間）でも、どこにいるかは言えない！　ゲシュタポがあの子を見つけたら、私たちみんなおしまいよ。

間。互いにしっかりと目を合わせる。

ドアをノックする音がする。

ロスヴィタはドアに駆け寄り、動転してすぐ戻ってくる。

ロスヴィタ　行かなくちゃ。

ヨハニス　エルサのこと!?

ロスヴィタ　すぐ戻るわ。

ロスヴィタは結び紐、コート、ハンドバッグをつかむ。家から駆け出す際、ヨハニスのほうを振り返る。

ロスヴィタ　彼女を捜さないと約束して。
　　ヨハニスは黙っている。
ロスヴィタ　（続けて）私の命にかけて誓って！
ヨハニス　誓うよ。
　　ロスヴィタは駆け出していく。
　　ヨハニスはどうしていいかわからずあたりを見渡す。打ちひしがれ、横になる。
　【第一幕終了】

第二幕

第一七場　――夜――一日後

ヨハニスはカウチで眠っている。
ノックの音（ラウンジの中で）。
ヨハニスは疲れた様子で身体を起こす――耳をすます。
再び、さらに切羽詰まった調子のノックの音が、床板の下から聞こえる。

エルサ　（舞台の外から）（かすかな声で）助けて！　誰かいますか？　どうか、助けて……息ができない！

ヨハニスは飛び起きる。

ヨハニス　エルサ？　エルサ！

ヨハニスは床に手をつき、膝をついて探す。カウチを動かし、床板に手を滑らせる。二枚の床の隙間にナイフを差し入れ、落とし戸を持ち上げる。

エルサは起き上がろうとしながら、深呼吸する。

エルサ　ヨハニス……ああ、助かった！　窒息するかと思ったわ！

ヨハニスはエルサを助け起こす。エルサは衰弱している。

ヨハニス　君を失ったかと思ってたよ！　エルサ……

二人は心から抱き合う。

ヨハニス　（続けて）君をあんなふうに扱って、本当に悪かった、腹を立ててたんだ、心配だったし――

エルサは身体を離す。

エルサ　お母さまは私を殺すわ！　私があなたと口をきかないようにって誓わせたの！　もし誓いを破ったとわかったら――

ヨハニス　心配しないで、僕が話しておくから。

エルサ　やめて！　お願いだから！　お母さまは今すでに私のことを憎んでいらっしゃる。懐中電灯を見つけたとき、私が信号を送るために盗んだんだろうっておっしゃったの。

ヨハニス　母さんに本当のことを話した？

エルサ　いいえ、あなたに話さないと約束してたでしょ！　お母さまは激怒された、信頼を裏切ったとおっしゃって、皆さんを危険な目に合わせたと……ヨハニス、誓って言うけど、私は信号を送ったりしてない！　信じてくれる？　私は耐えられなかっただけ、本当に怖くて――

ヨハニス　母さんが君に罰を与えたんだ！

エルサ　**守って**くださっているの！　どうしてお父さまがマウトハウゼンに送られたと話してくれなかったの？

ヨハニスは肩をすくめて黙っている。

エルサ　（続けて）お父さまが拷問されるって……だからお母さまは私をここに隠したの。あなたにとっても、私にとっても安全であるように。ほんの二、三時間のはずだったのに、お母さまが戻っていらっしゃらなくて……今はどちらに？

ヨハニス　わからない。僕たち、けんかになって、母さんはとても怒ってた……誰かが母さんを捜しに来たから、急いで出てったよ。

エルサ　戦争はもうすぐ終わるとおっしゃってた、アメリカ人が――

ヨハニス　ドイツは**決して**戦争に負けない！

エルサは目をそらす。

ヨハニス　（続けて）母さんは、君に希望を与えようとしただけさ！　僕は、まやかしの希望を与えるくらいなら本当のことを言う。（間）君のこと、どう思ってるか、知ってるだろ。僕が君を守ってあげる。（床板を指して）かわいそうだけど、今はここに戻ってもらわないと。

エルサ　無理よ！　お願い、とにかく無理なの――

ヨハニス　ゲシュタポが君を捜しに来るかもしれない。危険すぎるんだ。頼む……母さんが戻ってくるまでいいから。

ヨハニスはエルサが床下に入るのを手助けする。

ヨハニス　（続けて）何もかもうまくいくよ、僕を信じて。

落とし戸を閉めて——退場する。

【転換】

第一八場　――翌日

ヨハニスはエルサの隠れている場所の上に跪き、取り乱し、身体を前後にゆすりながら静かに泣いている。深呼吸して、手の甲で涙をぬぐう。しばらくして脇にどき、落とし戸を開ける。

エルサ　怖かった！　誰かに見つかったかと思った！

ヨハニスはエルサが出てくるのを手助けする。エルサは身体が弱り、ヨハニスの胸にもたれかかる。ヨハニスはエルサを支え、また泣かないようにこらえる。エルサは心配して身体を引く。

エルサ　（続けて）何かあったの、どうしたの？　お母さまのこと？

ヨハニス　（話すことがほとんどできない）母さんは……母さんは――
エルサ　どうしたの？　逮捕されたの？　話して！
ヨハニス　街中を捜しまわったよ。母さんは病院にさえ行ってなかった。僕がおばあちゃんを家に連れて帰らないといけなかったんだ。（間）それから任務に出ないといけなくて、二一区を歩いてたら、公開……処刑があったのを見た。

エルサは恐ろしくて、口を覆う。

ヨハニス　（続けて）母さんは操り人形みたいだった……ただ、ぶら下がってたんだ――
エルサ　そんな、そんなはずない――
ヨハニス　札が下がってた……「――を助けた裏切り者を吊るす」僕は近くに寄ろうとしたけど、監視兵が許してくれなかった。自分と、母さんの名前を言ったら、その場から引き離された。（間）母さんの亡骸をどこかの共同墓地に投げ捨てる気なんだ。それがどこかも教えてくれないだろう……
エルサ　私が悪いのよ！　ああ、なんてことかしら……全部私が悪いの。
ヨハニス　やめろよ！　母さんが助けてたのは君だけじゃない……

ヨハニスは手で顔を覆う。エルサはヨハニスをハグしてから、固く抱きしめる。

ヨハニス　（続けて）おばあちゃん！　おばあちゃんにどうやって話したらいいんだろう？（間）どうやっておばあちゃんと、そして君の面倒を見たらいいんだろう……？
エルサ　私が力になるわ！　本当よ、できるわ――
ヨハニス　だめさ！　おばあちゃんは君のことわかんないよ。そうだろ？　今まで以上に用心深くしなくちゃ！　おばあちゃんは具合が悪いから、近所の人にも何かまずいこと言うかもしれないし――
エルサ　わかったわ、心配しないで。ずっと隠れてるから。

ヨハニスは落とし戸を閉める。

エルサ　何をしてるの？
ヨハニス　君はここへは戻れないよ。

ヨハニスはエルサが壁の隠れ場所に行くのを助け、パネルを開けてやる。
エルサはためらう。ヨハニスはエルサの頬にふれる。エルサは彼の手を取る。

祖母　（舞台の外から）ロスヴィタ？　ロスヴィタ！　どこにいるの？

ヨハニス　なるべく早く食べ物を持ってくる、約束するよ。

ヨハニスがパネルを閉じたとき、祖母が脚を引きずり入ってくる。

ヨハニス　(続けて) おばあちゃん！　起きたらだめだよ。
祖母　声が聞こえたよ。もうロスヴィタは戻ってきたかい？
ヨハニス　(消耗しきって首を振る) おばあちゃん、ほんとに残念だよ、母さんは……母さんは——

祖母は事情を察して首を振る。祖母はヨハニスに手を伸ばす。二人は抱き合う。

【転換】

第一九場

——数週間後。冬の終わり。一九四五年。昼

祖母が、ロスヴィタの編んだ赤いショールを持って入ってくる。それを愛し気に頬にあて、香りをかぎ、自分の身体を包む。

ヨハニスが、ジャガイモの入った破れた袋を抱え、凍え、疲れ切って帰宅する。ヨハニスは袋を床にどすんと置き（ジャガイモがいくつか転がり出る）コートを脱いで、カウチにがっくりと座りこむ。

祖母　ヨハニス！　どうしたの？　戦争が終わったのかい？

ヨハニス　ジャガイモを買うだけで、死にそうな目にあった、それだけさ。

祖母　（ヨハニスの隣に座り、その腕をさする）ああ……おばあちゃんに全部話してごらん。

ヨハニス　二時間行列に並んだ……農家の人間が、僕らが買っちゃいけないくらいすごくたくさんの

ジャガイモが入った大きな袋を、トラックで売りに来てたんだ。だけどとても安くてさ！　それでお金を払ったら、そいつが、僕の足元にジャガイモの袋を投げてよこして、おつりも払わないで行っちゃったんだよ！　僕に同情してくれる人もいて、ジャガイモを担ぐのを手伝ってくれた。歩くこともできないほどだったし、捕まるのが怖かった。死体でも運んだほうがまし、ってくらいさ。結局、半分は捨てることになって、ほんとにばかみたいだ！　腐ったとこを削ったら、ケチな小鍋に一回分が残るだけさ。本気であいつを殺してやりたい！

祖母　お前はそんなことしないさ。さあ、おいで——

ヨハニスが頭を祖母の膝にのせると、祖母は彼の髪をなでる。

祖母　トイレットペーパーはどうだった？

ヨハニス　（首を振る）もっと新聞を破らないと。（間）おばあちゃん、僕には無理だよ。おばあちゃんの世話とか——家のことをやっていくの。正直、どうやって母さんが全部こなしてきたかわかんないよ、一度も不満を言わなかったし、僕は母さんにひどい態度だったし——

祖母　ヨハニス、お前が母さんを大事に思ってたこと、ちゃんとわかってくれてたさ。（間、取り乱して）なんであんなことになったんだろ？　わからないよ。なんでゲシュタポはあんなひどい間違いをしでかしたんだろ？

ヨハニスは身体を起こし、目をそらすが、動転している。

祖母　（続けて）わかった。この話はおしまいだ。もうひと言も口にしない。あたしたちは黙ってロスヴィタを偲ぶことにしよう。いいね？

ヨハニス　とにかく、おばあちゃんが戻ってきて嬉しいよ。

祖母　あたしもね。看護師たちが嫌な目で見るんだよ。まるであたしにはベッドを使う権利がないみたいにね！　ほんとにたくさんの人がけがをして……ああ、哀れな老いぼれの目が、あそこで見たことといったら！　一人の兵隊さんは、顔半分を吹き飛ばされてたんだよ……もうおしまいだね。誰がそんな男性と結婚するだろう？　ひと目見ただけで気絶しちゃうよ。死んだほうがましだったね。本当だよ、ヨハニス、お前はどれほど運がよかったか。誰にだってわかるさ、お前がとてもハンサムだったこと。

ヨハニス　（半ば冗談で）ああ！　それで女の子が、焼き串にささった焦げたローストビーフと僕で、どっちかを選ぶとしたら、僕を選ぶってわけさ。

ヨハニスは床に降りて袋から転がり出ていたジャガイモを拾う。

祖母　あたしの言いたいこと、わかるだろ。お前の傷は治ってきたし、賢い若者だし、時がくればお前にぴったりのすてきな子が現れるさ。あたしを信じなさい。（間――話題を変えて）このごろは何をやらされてるの？　話してごらん。

ヨハニス　屑鉄や電池、使えるものなら何でも集めろって言われてるよ。錆びた釘をごっそりくれた人もいたけど、まるで金みたいに僕の手の中に入れてくれるんだ。悲しいよね。どんなものだって僕らが持ってちゃいけないんだ……（自分が意図的にやったことだと知りながら）僕は……ラジオも供出しなくちゃいけなかった。

祖母　なんてこと！　何が起きてるか、これからどうやって知るの？

ヨハニス　僕がいるだろ。ニュースは教えてあげるよ！　心配しないで。

祖母　この戦争は負けだね、ヨハニス。お前の好きなように信じるがいいよ。でも、雰囲気でわかるんだ。病院のそばでダンスしてる子たちがいたけど、外でアメリカの音楽をかけても平気なんだよ！「スイングキッズ」って呼ばれてる。その動きなんて、ああ、神様、とてもダンスとは言えないよ！ダンスっていうのは気品と、抑制がきいてないとね。一人の女の子の周りを男の子たちが取り巻いて、手を叩いたり、お尻をこすり合わせたりするんだ！　なんてこった！

ヨハニスは笑いをこらえる。

祖母　（続けて）いや、ヨハニス、あたしたちは戦争に負けるだけじゃない。すべてを失いかけてるんだ……規律、美しさ、道徳、それを守るために戦ってきたんだけどね。（ため息）信じられないよ。アンシュルスから七年なんて。昨日のことみたいだよ、ドイツ軍が国境を越えてくると、みんなは声援を送って、花を渡していた。あたしは腰の骨を折ったよねえ、おぼえてるかい？

ヨハニス　僕は新しい凧を揚げたし、ハチに刺されたのはおぼえてるなあ。

祖母　二人の兵隊さんがあたしを担架で運ばなくちゃいけなくなった。制服着て、本当に恰好よかったねえ。自分がカエサルに差し出されるクレオパトラになった気分だったよ！　ああ、ウィーンが再び偉大な帝国の栄ある都になるって、高い望みをもっていた！

空襲警報のサイレン。

祖母　（続けて）ああ、もう二度とごめんだよ。

ヨハニス　急いで、おばあちゃん、地下室へ行くんだ。

祖母　大好きなこの街が廃墟になるのを、おじいさんが見なくてよかった。見たら死んじまうよ。

ヨハニスは祖母が歩くのを介助する。二人は退場する。

【転換】

第二〇場

――昼。春。一九四五年四月

祖母が（いつもの赤いショールをまとい）赤いマニュキュアの小瓶を手に入ってくる。カウチに座り、足の爪に塗りはじめる――手が届くのにもひと苦労する。

ヨハニスが落ちこんで帰宅する（戦争が終ろうとしていると聞き、それがエルサの解放につながるため）。ヨハニスは、祖母がペディキュアをしている姿を見て驚き、思わず微笑む。

祖母　わかってるよ。ちゃんとした家の女性は足の爪にマニュキュアなんか塗らないさ。でも年のせいで爪が黄色くなっちゃったから、好きな色に塗ってもいいのさ。（間、疲れて）手伝ってくれるかい？もう手が届かないよ。

ヨハニスはマニュキュア液を取って腰かけ、祖母の足を膝にのせる、祖母の足の爪に懸命にマニユキユアを塗る。祖母は後ろにもたれ、嬉しそうにする。

ヨハニス　外に行ってお祝いするつもりだったの？

祖母　祝う価値のあるものなんかあるかい？

ヨハニス　ああ、わからないや……小鳥はさえずるし、木には花が咲き……みんな、戦争が終わったと言ってるね。

祖母　（ヨハニスを見ようと頭を上げて）こちらが勝ったのかい？

ヨハニスは首を左右に振る。

祖母　（続けて）（また後ろにもたれて）最も不幸な終わり方だね。前の戦争で負けたあと、あたしたちに降りかかった悲惨な災い、お前にはわからないだろうね。

ヨハニス　ロシア人より先に、西側の人たちが来てほしいって、みんな必死に祈ってるよ！

祖母　神様、お助けください……

祖母は脱力して……いびきをかきはじめる。
ヨハニスは毛布をかけてあげる。ヨハニスは鏡を見つめる。

ヨハニス　（エルサに話しかける練習をして）エルサ……すごい大ニュースがあるんだ、いいかい？　終わった。戦争が終わったんだよ！（エルサを真似て）「おお、ヨハニス、本当なの？　今までで一番素晴らしいニュースだわ、ありがとう、ありがとう！　あなたは私の命の恩人よ、愛してる、ずっと一緒にいられるのね！」（咳払いして、最初からやり直す）エルサ、エルサ！　最高のニュースがあるよ！　終わった、戦争は終わったんだ！（エルサを真似て）「まあ！　私は自由の身ね！　これでネイサンを捜しに行ける、私のネイサン、私の家族……さあヨハニス、私、支度するから、全部手伝って！」

ヨハニスは鏡をのぞきこむ。

【転換】

第二一場 ——昼——一九四五年五月初旬

ヨハニスは隠れ場所のドアを開けて待っている。

ヨハニス　さあ、エルサ、それを渡してよ、もう慣れているから大丈夫。

きまり悪そうにエルサがおまるをヨハニスに渡す。ヨハニスはそれを受け取るが、臭いでおもわず吐き気を催す。

ヨハニス　すぐ捨ててくるから。（ヨハニスは退場して戻ってくる）出ておいで、サプライズがあるよ。

エルサ　（何だろうと微笑む）何？　それはなあに？

ヨハニス　目を閉じて。

ヨハニスは床に座るエルサに手をかし、彼女の隣に膝をつく。エルサがのぞきこむ。

ヨハニス　（続けて）のぞいちゃだめ！

エルサは目をぎゅっと閉じる。ヨハニスは彼女の鼻のそばに石鹸をもっていく。

ヨハニス　かいでごらんよ。

エルサ　（香りを吸いこみ、見て微笑む）石鹸ね！　ああ、神様、ありがとう！

エルサは感謝してヨハニスをハグする。もう一度目を閉じて、にっこりして石鹸の香りをかぐ。

ヨハニス　（エルサの反応に喜んで）他にもあるんだ……君にこれを持っていてほしい。

ヨハニスはエルサに美しいブローチを見せる。

ヨハニス　母さんのだ……結婚するとき父さんからもらったんだよ。

エルサ　まあ、ヨハニス、本当にきれいね！

ヨハニスはブローチをエルサの服につけようとする。

エルサ　（続けて）だめ……だめ、だめ、もらえないわ。それは今、お父さまと、あなたのものよ。
ヨハニス　母さんは君に持っていてほしいって思ってるよ、父さんだって同じさ――
エルサ　いいえ、待つべきよ……お父さまは戻ってこられる、きっと！

ヨハニスは、きっぱりとしてエルサを見る――ヨハニスはブローチを彼女の服につけてにっこりする。

エルサ　（ブローチに見とれて）ずっと大切にする。

ヨハニスはよく考えてエルサの肩や腰をマッサージする（ごく自然で、実際に効き目があるようなやり方になっている）。

エルサ　ご両親は本当に仲がよかったのね。大変な時代でも。（間）一度お母さまに、どうしたら、この人が運命の人だとわかったんですかと伺ったことがあるの。そしたら、自分のお父さん、つまり、あなたのおじい様のことね、その方のすばらしい性質がお父さまにもたくさん見られたからだとおっしゃってた……おじいさまはやり手だけれど、ご親切で寛大で、楽しい方なの。

ヨハニス　（機を捉えて）おばあちゃんは、僕はやり手だ、おじいちゃんみたいにね！ってよく言ってる。（間）おじいちゃんが、どうやっておばあちゃんと結婚したと思う？　おじいちゃんに財産はなかったけど、おばあちゃんはそれを知らなかった。それでおじいちゃんは、おばあちゃんに求婚するのに、ちょうどいいくらいのお金を銀行で借りて、リッチなレストランやオペラに連れ出したんだ。お金持ちの求婚者がもう一人いたけど、おばあちゃんはおじいちゃんを選んだ。おじいちゃんが本当にユーモアがあって、魅力的で、リッチで……って、少なくともおばあちゃんはそう思ってた。そして結婚したら、ロブスターやシャンペンが、イワシと水に変わったのさ！

エルサ　そんな！　おじいさまは、どうしてそんなことができたの？

ヨハニス　（この話がうまく自分の目的にも合うように意識して）自分がおばあちゃんのことをすごく愛してるから、結婚するためなら、どんなことでもしなきゃいけないと思ったんだって。でもおじいちゃんは賢かった。銀行から借りたお金の一部で、小さなアイロン工場を立ち上げたんだ。二人で一緒に働いて、数年たったら暮らしが楽になった。本当にお互い愛し合っていたんだよ。

エルサは微笑んで、ヨハニスがふくらはぎをマッサージしてくれるあいだ、リラックスして、目を閉じる。

ヨハニス　何を考えてるの？

エルサ　ええっと……いろんなことよ。すてきなこと……

ヨハニスは手をエルサの腿へと滑らせる。ちゃっかり様子を窺っている。

エルサはヨハニスにおどけた顔をして見せ（ヨハニスの不器用なアプローチに慣れている）——手をどけて、ふくらはぎに戻し、素知らぬふりをする。ヨハニスは微笑んで、ふくらはぎのマッサージを続ける。

エルサ　（思い出にふけり、微笑んで）私の父さんは、毎週金曜の夜に、母さんに花束を持って帰ってきた……母さんと台所でダンスしてくるくるまわり、笑ってたわ。おじいちゃんたちもやってきて、ろうそくに火を灯し、食べて、歌って、お話をするの。すてきだった……（間）すべてが変わってしまった……

エルサは、マッサージをやめさせ、身体を起こす。

エルサ　（続けて）（真剣に）「水晶の夜」をおぼえてる？

ヨハニス　（居心地悪そうにして）父さんが、心配して帰ってきて、ユダヤ人の学生が、パリで、ドイツ大使館の誰かを撃ったって言ってた。
エルサ　お父さまはどうしてそうなったかおっしゃった？　聞く気もなかったでしょうね、あなたにとっては、何も変わらないことだから――
ヨハニス　何もかも変わったさ！　父さんは一度に数日ずつ、どこかに行ってしまうようになったし、そばにいるときは、本当に憂鬱そうだった。僕は、またどっかに出かければいいのに、って思ってたよ。
エルサ　私の父さんの店は壊されて、何もかも失ったの！　殺された友達も何人かいた……謀反《むほん》を起こしたって責められて、男の人たちは逮捕されたし、私たちは、通りに散らかるガラスの破片を片づけさせられた。勇気のある人たちに助けられて、私たちは身を隠さないといけなくなったの。その人たちの名前を明かすことはできないわ！
ヨハニス　僕はたった一一歳だったんだ！
エルサ　たった一一歳！　でも、制服を着て、本当に得意そうだった！　あなたとキッピが駆け出して、年長の子たちと一緒に大司教のお屋敷を襲撃したってお母さまから聞いたわ！
ヨハニス　大司教は、ヒトラー総統に反対する説教をしたんだ！　あれは**冒涜**だった！

エルサは驚いてヨハニスを見つめる。

エルサ　（ヒトラーのポスターを指して）彼の存在は永遠じゃないのよ、**あなたの神は**。

ヨハニスは困惑して立ち上がる。

ヨハニス　体操の時間だよ。おばあちゃんがもうすぐ目を覚ますしね。

ヨハニスはエルサに手を伸ばすが、彼女は首を左右に振って目をそらす。

ヨハニス　（続けて）（怒りが高まり）動かないといけないよ。僕と踊るんだ。

ヨハニスは乱暴にエルサを立たせ、しっかり彼女を抱きしめる。エルサは彼を押し返そうとするが、できない。

ヨハニス　さあ、踊るのが好きなんだろ！（ヨハニスはエルサを上下に動かす――ワルツの動き）一―二―三、一―二―三、一――

エルサはもがき、怒っている。

エルサ　やめて！　何をするの？

ヨハニスは続けて、エルサを引っ張りまわす。

ヨハニス　君がどんなにきれいか、見てごらん！　想像するんだ。大広間でくるくるまわって、その美しさを周りの男たちみんなに振りまいてるところを。こんなとこで僕と閉じこもってるんじゃなくてさ。

エルサ　やめて、ヨハニス！　やめて！

エルサは力を振り絞って、ヨハニスを押しのける。ヨハニスはエルサをそのまま離す――エルサは後ろにのけぞり、手を頭にもっていく。ヨハニスは彼女にけがをさせたかと思って、駆け寄る。

ヨハニス　エルサ！　ごめん、ごめんね……大丈夫？

エルサ　（なんとか立ち上がり）どうしたの？　どうしてこんなことするの!?

ヨハニス　なぜって……僕は……すごく幸せだから。（間、勇気を振り絞って）エルサ、戦争は終わった！

聞いてる？　終わったんだ！

エルサは一瞬間をおいてそのニュースを理解する。

エルサ　（表情が明るくなり）終わったの？　本当に終わったの？（ゆっくり立ち上がる）私、自由になるの？

ああ、神様、私は自由なんですね！

ヨハニスはエルサの目を冷たくのぞきこむ。

ヨハニス　（新しい考えが浮かび、驚く――その考えを押し進めて）実は……違うんだ。

エルサ　「違う」？　「違う」ってどういうこと？

ヨハニス　（自分の言葉に驚き）つまり……ドイツが勝ったんだ。ずっと僕が言ってた通りにね――**僕らの勝利だ**。

ヨハニスはエルサの反応を待つ。エルサはすべてを了承し、黙っている。

エルサが受け入れたことに驚き、ヨハニスは壁のパネルを開けて待つ。

ゆっくりと、エルサは隠れ場所のほうに向かう。

ヨハニスを振り返り、隠れ場所に入る。
全く信じられない、という様子で、ヨハニスはエルサの背後でパネルを閉める。
【暗転】

第二二場　――昼――　一九四五年夏

祖母がカウチで寝ており、腕が片方、下がっている（カウチの横に、美しい扇子が開いた状態で、まるで祖母が落としたかのように落ちている）。

ヨハニスは買い物から戻る。暑くなり、汗をかいている。すべてを床に置く。

ヨハニス　おばあちゃん？　おばあちゃん！

祖母は動かない。心配してヨハニスは祖母が息をしているかどうか確かめる。祖母は突然目を覚まし、二人は驚く。

祖母　ヨハニス！　怖いじゃないか！

ヨハニス　怖かったって、僕のせいで？　僕はただ、おばあちゃんがちゃんと息してるかどうか確かめただけだよ。
祖母　生きててなんになるのさ？　あたしはただの役立たずの老いぼれだよ。料理や買い物の手伝いもできないしね。

ヨハニスは祖母が身体を起こす手助けをして、落ちた扇子を拾い、祖母に渡す。

ヨハニス　（声を低くして）ねえ、おばあちゃんはきっと外に出たいとは思わないよ。いろんな旗がみんな風にはためいて、本当に屈辱的なんだ……
祖母　なんでささやいてるんだい？
ヨハニス　僕が？　ええと、誰が聞いてるかわからないからね。密告が多いんだ。誰も信じられないよ。ウィーンはもう僕らの街じゃない！　外国料理の匂いがしてさ……「We speak English エイゴハナシマス」「Nous parlons francais フランスゴハナシマス」の貼り紙がそこら中に貼られて、ロシア人が書いてることは、なんだって自慢そうだよ……笑い方だって違う。特にお酒をちょっと飲んだあとなんかね、ああ、それにあいつらすごく飲むんだ！

祖母は扇子を広げ、自分を扇ぐ。

祖母　とにかく、オーストリアはまた独立できたね。

ヨハニス　自分の言ってることわかってる？　全くもう！　みんな、ヒトラーが、自分たちの気持ちに反して侵略してきたみたいなふりしてる。おばあちゃんだって、もろ手を挙げて、併合を歓迎してただろ、おぼえてる？　**クレオパトラさん？**

祖母は扇ぐ手を早める。

祖母　うん、そうだね……わかんなかったんだよ、あたしたちには――

ヨハニス　ロシア人は最悪だ……けだものなんだ！　僕の言うこと、おぼえておいてね。やつらは若くても、年寄りでもおかまいなし……女性だったらオッケーなんだ。ドアに必ず鍵をかけておくんだよ

――

祖母　ヨハニス、どうかやめておくれ。そんなむごい話、聞いちゃいられないよ。なんでそんな恐ろしいことができるんだろう！

ヨハニス　ただ、おばあちゃんに無事でいてほしい、ってことなんだ。

間。

祖母　父さんの消息は何かつかめた？
ヨハニス　まだ何も。
祖母　（続けて）けっこう。まだ生きてるってことさ。

ヨハニスは宙を見つめて考えにふけり、脚は貧乏ゆすりをしている。

祖母　（続けて）（扇子でヨハニスの脚をぽんと叩く）どうしたの？

ヨハニスは肩をすくめる。

祖母　（続けて）ほら、おばあちゃんには話せるだろ。
ヨハニス　何を？
祖母　彼女のことさ。
ヨハニス　どの子のこと？
祖母　お前の表情や、脚のゆすり方でわかるさ。誰かさんとどこか別のとこにいたいんだよね。キューピッドの矢に撃たれたってわけさ。

ヨハニス　おばあちゃん、たのむよ、彼女なんていないよ。
祖母　お前のことお断りなんだね。
ヨハニス　女の子なんて誰も知らないよ。
祖母　あたしをごまかすことはできないよ。ずっとお前のこと見てたんだからね。
ヨハニス　（思わずにっこりして）まあ……いるかもしれないけど。
祖母　よかったじゃないか！　その子はお前のこと好きかい？
ヨハニス　わからない。たぶん、友達としては、好きだと思う。
祖母　そりゃだめだ。お前の顔のせい？
ヨハニス　顔がどうかした？
祖母　どうもしてないよ。そこを忘れちゃいけないね！　どこでその子と会ったんだい？
ヨハニス　言えない。
祖母　ってことは全部秘密なんだね……ふーむ……その子は結婚してるの？

ヨハニスは首を左右に振る。

祖母　（続けて）わかった！　尼さんなんだね！……違うのかい。（ヨハニスの表情を見て）誰か他に好きな人がいるんだ。

ヨハニス　二人はもう何年も会ってないんだよ。
祖母　戦争のせいだね。
ヨハニス　そう。
祖母　なんでもっと早くあたしのところに来なかったの？　力になれるよ。複雑な気持ちのことはよくおぼえてる。実際、おぼえてるのはそれしかないようなもんだけど……（間）ねえ、その子にもう一度会うことはできるの？
ヨハニス　僕が会いに行けば、ね。
祖母　彼女のほうからは、お前に会いに来ないんだね？
ヨハニス　複雑なんだ。彼女は外出を許されてないんだ。
祖母　厳しいご両親なんだね。いいじゃないか。その子は従順な、いい子だよ。きっと親御さんはお前のことを認めてくれる、そうじゃないかい？　お前はあたしと同じ、良家の出なんだから。そこを見落としてもらっちゃ困るね！
ヨハニス　彼女はそんなことあまり気にしないんだ。違うんだ、他の――
祖母　女性とは？　そうだよね。けっこうじゃないか。その子があんたの気持ちに気づいてないかもしれないって考えたことある？
ヨハニス　それは知ってるよ。
祖母　打ち明けたのかい？

ヨハニス　うん……

祖母　ふうむ……まずいね。若すぎるし、正直すぎるんだよ。そんなんじゃその子をものにできないね。恋の駆け引きで、正直は最善の策じゃないんだ。彼女にあまり関心がないようなふりをするのがおすすめだよ。その子はお前の気持ちをわかってるけど、じらして宙ぶらりんにしてるんだ……お前が自分の元から去っていくんじゃないかってその子に思わせないとね、そうすれば、こっちを向いてくれるよ！

ヨハニス　やきもち焼かせるの？　別の人がいるふりをするの？

祖母　最後の手段はね。でも、忘れちゃいけない、別にふりをする必要はないんだ――お前には本当にたくさん、彼女にできる子がいるんだから、いいね。

ヨハニス　（微笑んで）ありがとう、おばあちゃん。さあ、もう休んで。晩ごはんつくるから。

ヨハニスは祖母がカウチに横になる手助けをする。

祖母　ああ、もうちょっとで忘れるとこだった、兵隊さんが来たよ、お前が留守のあいだに……フランス人だった。おかしなジェスチャーをずっとしてたよ、あたしがフランス語のクラスで一番上手にやってたみたいにね――

ヨハニス　（もどかしそうに）何の用だったの？

祖母　お前に、基地に来るようにって。理由は言わなかったね。たぶんお前の父さんのことじゃないかな?

ヨハニスは肩をすくめ、歩き去ろうとする。

祖母　(続けて)ああ、ヨハニス!　ヒトラーが**死んだ**のは知ってた?　自殺したんだよ。何週間も前にね、信じられるかい!?

ヨハニスは目をそらす。

祖母　(続けて)かわいそうに、ヨハニス、あの人はお前にとってすべてだったからね。

ヨハニスは退場する。

【転換】

第二三場　――昼

エルサが後ろにジッパーがある清潔な夏のワンピースを着るあいだ、ヨハニスは背を向けて立っている。

エルサ　つっかえちゃった。

ヨハニスはいらいらしながら、ジッパーを上げる手助けをする。

エルサ　もう私としゃべってくれないのね。

ヨハニス　僕にどう言ってほしいの？

間。

エルサ　（ためらいがちに）ユダヤ人はどうなったの？
ヨハニス　言っただろ、連れていかれたんだ。
エルサ　どこへ？
ヨハニス　知らないよ。どっか遠い島だろ。
エルサ　そう……お日様をたっぷり浴びて幸せになるようにね？（間――苦悩して）シベリアに送られたんだわ。身も凍るような寒いところで、働かされるために！　そうなんでしょ？

ヨハニスは肩をすくめる。

エルサ　（続けて）じゃあ、戦争が終わったときの話を聞かせて！
ヨハニス　話すことなんてあるかな？　僕らは勝った。ロシア、イギリスそして強いアメ公の軍隊は「kaput《カプット》」、ゼンメツさ。
エルサ　アメリカ軍はほとんど加わっていなかったってあなた言ってたけど。
ヨハニス　ああ……えっと、そうだね……その通りだよ……終戦まではね。日本が真珠湾を攻撃したあと、艦隊を送るにも長時間かかるようになったからね。僕らはすごく強力な爆弾を発明したから、一〇〇キロ以内にいる船は全部転覆させた。我が軍の**究極の兵器**に太刀打ちできなかったんだ！

エルサ　（信じられないという目でヨハニスを見る）私が読める新聞ないかしら？　ラジオでもいいわ……とにかく、私が——外の世界とつながってると思えるような。

ヨハニス　（怒って）なんだよ、僕を信じないの？　たぶん、僕らが負けたほうが嬉しかったんじゃない？　やつらが、僕やおばあちゃんを殺して、この家を全部めちゃめちゃにしても構わないんだ！　自分のことしか考えてない君が、なんとか無事だったらいいんだよ——それだけが大事なんだ、そうだろ？

エルサ　ひどい。私の気持ち、わかってるでしょ。

エルサは怒って隠れ場所に向かおうとするが、ヨハニスが引き留める。

ヨハニス　（悪いと思って）ねえ、ごめんよ。どんなにつらいかわかってる。でも君をここで安全に匿うために、僕はすべてを危険にさらしてるんだ……

エルサは自尊心をあらわにして黙っている。

ヨハニス　（続けて）もっと君は過ごしやすくなるよ……おばあちゃんは具合悪くて、ずっとベッドにいるか、カウチで休むかなんだ。音をたてずに、書斎にいて、窓から離れていれば、隠れ場所の外にもっと長くいていいよ。(間)合図を決めよう。ドアには鍵をかけておくよ。隠れる時間が取れるようにね。僕が来たときは、口笛を吹くよ。

エルサはヨハニスを見つめる。

エルサ　(冷たく)何か他のことをしたい。
ヨハニス　(困って)何がしたいの?
エルサ　絵を描きたい。

間。

ヨハニス　母さんの絵の道具が地下室にあると思う。見に行って――
エルサ　持ってきてちょうだい。

ヨハニスは立ち去り際に、困惑して振り返る。

ヨハニス　「ありがとう、ヨハニス!」

エルサはかろうじてヨハニスを見る。

エルサ　（誠実に響くように）ありがとう、ヨハニス。

ヨハニスは退場する。

【転換】

第二四場　――昼

雨音。ヨハニスが帰宅すると、書斎のそばで祖母が倒れている。ヨハニスはリュックを置いて、祖母に駆け寄る。

ヨハニス　おばあちゃん？　おばあちゃん！　大丈夫？

祖母は目を開け、混乱しているが起き上がろうとする。ヨハニスが手を貸す。

祖母　どこ行ってたの？　ドラマを全部見損ねたね。
ヨハニス　どんなドラマ？　何があったの？
祖母　バランス崩して転んじゃったんだ。

ヨハニス　ここで何してたの？　まだ元気になってないんだよ――

エルサに聞こえないか心配しつつ、祖母が立ち上がり、ゆっくりとカウチのほうに歩いていくのを支える。

祖母　新鮮な空気を吸いたかったんだよ……やっとこさ外に出たんだ、カメみたいにゆっくり、郵便を取りに行った。アメリカのニューヨークから手紙が来てたよ。お前の両親宛てにね。ええっと……ちゃんと考えたんだ、わかるだろ……だから封を開けた。（間）あの小さくてかわいいお嬢さん、エルサのことをおぼえてるだろ？　お前が小さいころ、姉さんと一緒にバイオリンを弾いていた。あの子は家へ来なくなったよね、あのとき――ほら、ユダヤ人だから。あの子の兄さんたちは、なんとかニューヨークへ渡ったんだ。それでお前の両親のことをおぼえていて、エルサのことを知ってるかどうか聞いてきたんだよ。かわいそうな人たち、本当につらいことだよね――

ヨハニス　（続けて）さあ、居心地よくしてあげるよ。

ヨハニス　なんで父さんたちが彼女のことなんか知ってるのさ？　おばあちゃんは書斎のそばで何をしてたの？

祖母　思いついたんだ、お前の両親が何か役に立つ情報をアドレス帳に書いてたかもしれないってさ。見ようと思ったけど、書斎に鍵がかかってた。ラウンジに戻ろうとしたら、バンっていう大きな音がしたよ。怖かった。
ヨハニス　それからどうしたの……？　何があったの？
祖母　言っただろ、バランスを崩したって。
ヨハニス　けがしてない？
祖母　してないよ。
ヨハニス　で、どこがドラマなの⁉
祖母　見ものだったよ……ヒュッって！　いちばん肉づきのいいとこから倒れたんだ。そうでなけりゃ首の骨を折るとこだったよ！　明日になれば、お尻に痣ができてるよ……
ヨハニス　見たくないけど。
祖母　なんでドアに鍵がかけてあるんだい？　そこに誰がいるの？
ヨハニス　誰もいないさ。絵を描きはじめたんだ。母さんの道具で。
祖母　おやおや。さすがだねえ。
ヨハニス　絵の具を乾かすために、窓が開けてあるんだ。すき間風がドアをばたつかせないように鍵をかけたんだよ。
祖母　ああ、それなら鳩が入ったんだね。
ヨハニス　悪いけど、絵は誰にも見せたくないな。
祖母　気にしなくていいよ。もうあそこには行かないから。

ヨハニス　それが賢いね。おばあちゃんに首の骨を折ってほしくないよ。

ヨハニスは祖母の靴を脱がせ、カウチに脚をのせてあげる。

祖母　そういえば、彼女の名前、教えてくれてないね。
ヨハニス　誰の名前？
祖母　お前のガールフレンドの。
ヨハニス　彼女は僕のガールフレンドじゃないよ……まだ。
祖母　（からかって）じゃあ、まだあの子をあそこに閉じこめてないってことだねえ？
ヨハニス　（祖母が気づいたかもしれないと思って）僕を何だと思ってるの？　おばあちゃんに内緒で女の子を家に連れこむと思う？
祖母　まあ！　お前がそんなふうになるのを見たのは、お風呂に入りたくないってごねた三歳のころが最後だね。
ヨハニス　ごめん。ただ……あの子を知れば、わかってくれるよ。
祖母　つまり、いい家の子なんだね。名前はなんていうの？
ヨハニス　言えない。
祖母　イニシャルはどう？　さあ、縁起を担ぐのはおやめよ。洗礼名の最初の文字は？

ヨハニス　（調子を合わせて）E。

祖母　聖人をちゃんとおぼえてるかためしてみようかね……エルフリーデ？

ヨハニス　（おもしろがると同時に苛立って）違う。

祖母　エデルトラウドだ！　かわいい名前だね。だろ？　エデルトラウド。たぐいまれな信仰。

ヨハニス　おばあちゃん、ねえ、もうやめてよ。

祖母　あー、近いんだね。エミリー？　イーディス？　違うね。（ヨハニスがあきれた目をしているのを見て）わかったよ、私はその子をエデルトラウドと呼ぼう。そうでなけりゃ……

ヨハニス　そうでなけりゃ何？

祖母　（ヨハニスのおでこをとんとんと叩いて）こん、こん、もしもし？　どなたかいらっしゃいますか？　エデルトラウド！　こんな狭いところにどのくらい閉じこもってるの？　出てきて、新鮮な空気を吸ったらどう？

ヨハニス　はは、すごく面白いね。

祖母　白状するんだよ。お前の作り話だろ？　書斎に何時間もこもって、いろんなこと想像してさ、あの子に秘密を話したり、キスしたり……自分の手首にキスしてるんだろ、でもお前の頭の中に、あの子は本当にいるんだ。

ヨハニスは吹き出す。

ヨハニス　ばかばかしい！　僕が女の子の存在をでっちあげてると思ってるの？
祖母　恥ずかしがることないよ。みんな、いつかしら、自分だけの恋物語をこしらえるものなんだ。私のはルーカスだったね。
ヨハニス　言っとくけど、僕は手首にキスなんかしてないからね。
祖母　心配いらないよ。いつかお前のいいとこをわかってくれて、あそこの彼女を忘れさせてくれるような子に会えるからさ。
ヨハニス　おばあちゃん、頼むから……
祖母　お前のためになるものが少しだけあるよ。おばさんから遺産をもらったんだ。おばさんの話、したっけ？　若いころ、二人の男性にプロポーズされたけど、オーストリア・ハンガリー帝国時代最後の決闘で、両方とも死んじゃってね。一〇歩歩いて、振り返って、互いを撃ち殺しちまった。**それこそ**悲劇じゃないか？（あくびをする）とにかく、たくさんじゃないけど、お前がどう使ってもいいように、とっておいたお金だよ。
ヨハニス　僕……なんて言っていいかわからないよ。ありがとう、おばあちゃん。助かるよ、絶対。

祖母はうとうとしはじめる。ヨハニスは毛布をかけてあげる。

ヨハニス　（思い出して聞く）おばあちゃん、おばあちゃん？
祖母　（目を開けて）なんだい？
ヨハニス　手紙はどこにあるの？
祖母　何の手紙だい？
ヨハニス　ニューヨークからの手紙だよ。
祖母　ああ、そうだった……この辺のどっかにあるよ、たぶん。

ヨハニスはラウンジの中を探しまわる。

ヨハニス　考えてみて、どこに置いたの？
祖母　（目を閉じて）ふうむ……私はまずベッドルームに行ったのかねえ？　思い出せないね……

祖母はいびきをかきはじめる。
ヨハニスは手紙を探すが、見つけられない。リュックをつかんで退場する。

【転換】

第二五場 ——承前

ヨハニスが書斎に入ってくる（絵の具、絵筆、パレットやテレピン油が机にのっている。カンバスがイーゼルにかかっており、まだ未完成で、デイジーが青い空を背景にシンプルに描かれている）。

ヨハニスが壁のパネルを開けると、エルサがおり、つらそうにしている。

エルサ　（パニックを起こし）口笛を吹かなかったでしょ！　すごく不安だった。今日、おばあさまが開けようとしたの！　急いで立ち上がったら、椅子が倒れて、バンって音が出たの。それから誰かが倒れたみたいな音がしたわ。

ヨハニス　なんて耳がいいんだ。

エルサ　どうすることもできなかった、怖かったわ！　ああ、おばあさまに私がここにいることわかっちゃったかしら？

ヨハニス　**わたし**、いつも**わたし**のことばかり。**おばあちゃん**のことはどうなんだ？　大丈夫だけどね、エルサ、心配ない。君は自分の心配だけで精一杯だよね。

エルサはけんか腰でヨハニスを見る。

エルサ　新聞は持ってきてくれたの？

ヨハニス　（誠実そうなふりをして）おっと、しまった、何か忘れてると思ったんだ！　出直してくるよ

……

エルサ　（態度を和らげて）いいえ。いいの。ここにいて。

エルサは床に座る。

ヨハニス　君がいいなら。

エルサ　お気の毒だわ、おばあさまのこと。大丈夫だといいけれど。

ヨハニスはエルサの隣に座る。

ヨハニス　僕は空のかけらをもってきてあげたよ……

エルサは好奇心をそそられ、ヨハニスを見る。ヨハニスはポケットから青い絵の具のチューブを出して、エルサに渡す。

エルサ　青！　ずっと待ってた！　ありがとう……

ヨハニスは微笑み、床に寝そべり、エルサの膝に頭をのせる。
エルサはヨハニスの髪をもてあそび、空想にふけりながら宙を見つめる……

エルサ　（続けて）カメやカタツムリみたいに、自分の家をしょって空の下を歩いたら、どんな暮らしになるか考えたことある？　この世にホームレスはいなくなって、お家にいながら、世界中どこにだって行けるの。

ヨハニス　小さいころ、カタツムリをペットにしてた。

エルサは驚いて笑う。

ヨハニス　(続けて) レタスの中にいるのを見つけて、母さんに飼わせてほしい、って頼んだ。そいつをお皿にのせて、毎日レタスをあげた。そしたら頭を出して、僕を見るんだ。ある朝、餌をあげようとしたら、いなくなってた……そのとき、母さんがちょうど朝ごはんのトレイを置いたら、ぐしゃって大きな音がして……

エルサは身をすくめる。

ヨハニス　(続けて)赤ん坊みたいに僕は泣いた。父さんが走ってきたよ、僕がナイフで手を切ったと思ったんだね。母さんは、殻を直すって約束してくれた。フランス料理の総菜屋さんに行って、エスカルゴをひとパック買ってきてくれた。僕らは、そいつが新しい殻に入れるように、水で湿らせてやったけど、しなびちゃって。二日間世話したけど、死んじゃった……(間)姉さんやおじいちゃんが亡くなったときより、つらかった。
エルサ　まだ小さくて、お姉さんたちに二度と会えないってことがわからなかったのね。(間) 人の心って、よくわからないところがある、そうじゃない？　心はどこにあると思う？　胸の中か、頭の中か。
ヨハニス　頭の中さ。
エルサ　私の心は身体の外にあるの。たとえば、今だって、この家を人形の家みたいに眺めているのよ。

おばあさまがベッドに寝ていて、あなたと私は、今だけ部屋に仮に置かれた、二つの小さな人形にすぎないの。

ヨハニス　（身体を起こし）やめろよ。そんなの嫌だ。身体はここにあるけど、君はここにいないみたいじゃないか。僕は——僕の身体なんて、ウィーンの街をうろついたり、何か調達したりして、どこにあってもいいんだけど、心と気持ちはいつもこの壁の中に囚われてるんだ。君と一緒にね。他のことはどうでもいい。いつでも好きなところに行くがいいさ。でも、君がある日、戻ってこないって決めたら、どうなるのかな?

エルサはやさしく彼の顔を両手で包み、唇にキスをする。
ヨハニスは驚いて微笑む。
エルサはヨハニスの目をのぞきこむ。

エルサ　ヨハニス……私は出ていってもいいの?

ヨハニスは不意を突かれて身を引く。

ヨハニス　それで僕の命を危険にさらすわけ?

エルサ　真夜中に、私を外に出す、というわけにはいかない？　港に向かうバスに乗るわ……変装できるし――

ヨハニス　みんなユダヤ人を捜してるのに！　捕まって、処刑されちゃうよ！　僕は君と、残された自分の家族を守ってる。国を裏切ってるんだ！　正直言うとね、エルサ――

エルサ　捕まっても一言もしゃべらないって誓うわ！　神様が私を守ってくださる――

ヨハニス　神様だって!?　**神様**が君の命を救ったと思ってるの？　**僕がここで**、君を生かして、大切に思ってきたんだ！

エルサ　あなたはもう充分、私のために自分を犠牲にしたの。行かせてちょうだい！　もう裏切り者じゃなくなるわ。聞いてる？

ヨハニス　どうかしてるんじゃないか？

エルサ　私がここにいたことも忘れて！　簡単なことよ、私をこのドアから出すだけでいいの。私があなたにあげられる、最大の愛の証よ。あなたに自由をあげるために、私は喜んで自分の命を捧げるわ。

ヨハニス　そんなの愛じゃない！

エルサ　愛の定義そのものよ。愛は支配欲じゃないし、誰かを自分のために閉じこめることじゃないわ。愛は、空や風――そう、神様の光のように私たちを解き放つものなの。

ヨハニス　愛は、何があっても二人が離れずにいることだよ！

ヨハニスは話しながら、エルサをハグしようとして、彼女をつかむ腕に力をこめる。

エルサ　私の言うこと聞いてないのね！

ヨハニス　愛する人と一緒にいたいって思うことはわがままじゃないよ。それが愛なんだ！

エルサは自由になろうともがく。

エルサ　離して！　息がつまりそう。

ヨハニスはエルサを離す。

ヨハニス　君なしで生きていけない！

エルサ　ああ！　わかってないのね！　誰かと一緒にいるって自由に選べるとき、初めて意味があるの！

二人は、離れて立ち、怒っている。

ヨハニス　いいよ。好きなようにしなよ。君を愛してる。自由にしてあげよう。

ヨハニスは退場する——ベッドルームに駆けこみ、箱を持って急いで戻る。

ヨハニス　新聞が見たいんだろ？　あげるよ。でも警告しとくけど、真実は危険なものなんだ。

ヨハニスは箱を開けて、ひと束の新聞の切り抜きをつかみ、エルサの足元に投げる（強制収容所のショッキングな写真——骨と皮になったいくつもの遺体の山、山積みの靴、眼鏡、スーツケース——切り抜きはヨハニスが自分の嘘に合うように選ばれており、真相につながる見出しや文章はない）。

エルサは膝をついて写真を見るが、恐怖で頭が混乱する。

ヨハニス　（続けて）（自分も怖くなり）エルサ、知るべきなんだ。僕は君をこの世界から引き離してきた。ただ、君を恐ろしい真実から守りたい一心だったんだ。

エルサ　これは現実じゃない。現実であるわけない。そんなはずない。

ヨハニス　僕も同じように思ったよ、自分の目で見るまではね。

エルサ　自分の目で見るってどういうこと⁉

ヨハニス　（本当に動揺しながらも、用心深く自分のついた大きな嘘に合わせて、真実を語る）僕らは出頭しなくちゃならなかった――そして死んだ人でいっぱいになったこの列車を見せられて（声を詰まらせる）

――

ヨハニス　（続けて）収容所にも連れてかれて、見学させられた、どんなふうに……ヒトラーの夢がどんなふうに実現しているか。悪夢で、地獄だっていう点は別だけど……すべてがすごく整然としていて、やり方がね――（間）エルサ、僕は考えもしなかった、全然知らなかった……誓って言うよ。あのすべてのかわいそうな人たち――男性、女性、子どもたち……その姿が頭から離れない、悪夢を見てばかりさ。（間）ああ、エルサ。僕らの壁の外には、ヒトラーの世界があって……君が見ないですむといいなって思ってたんだ。

エルサ　（ショックを受けて）私の両親は、祖父母や兄たちはどうなったのかしら？　ネイサンは？　あ、神様、彼らはどうなったのですか？

ヨハニス　（しゃべりすぎないように気をつけて）僕の身が危なくなるほど、たくさん時間をかけて情報を探った。リストに出てる名前が多すぎて、きりがないんだ。本当に気の毒だよ……エルサ――

エルサ　教えて。何もかも。

ヨハニスはエルサの隣に膝をつき、最後の紙片を箱から取り出すが、そこには彼の筆跡で何か書かれている。

ヨハニス　書き留めておいたんだ。忘れないようにね……君の父さん、モーゼル・コアは今年の冬、一月に亡くなった。アウシュヴィッツからマウトハウゼンに歩かされたあとのことだ。そこは僕の父さんが――（間）君のお母さん、ゴルダ・コア、旧姓ホフグラウバーも、マウトハウゼンで一九四三年一〇月に亡くなっている。彼女は……彼女は――

エルサ　言って。

ヨハニス　ガスで殺された。お母さんはガスで亡くなった。

エルサ　ガスで？　どういうことなの？　**ガスで殺された？**（間）兄たち、そしてネイサンは？

ヨハニス　お兄さんたちのことはまだわからない。でもネイサンは――（ためらう）ネイサン・ハイム・カプラン、ザクセンハウゼンで結核により死亡、一九四二年……一月六日……僕が君を見つけるより、ずいぶん前のことだね――

エルサ　（ショックで身体を揺らしている）違う！　違う、違う、違う、違う。そんなはずない。私がわかるはずだもの、感じられたはずだもの。感じることができたはず……

ヨハニス　悪かった、本当に悪かった……

ヨハニスはエルサをなぐさめようとして、手を重ねるが、エルサは振り払う。ヨハニスは立ち上がり、少しのあいだエルサを見つめてから退場。

エルサは新聞記事の束をすべて集め、泣きながらそれを胸に抱く。
【転換】

第二六場　——昼。冬

ヨハニスは祖母の清拭をするために濡れた布を手にラウンジに入ってくる。祖母の容態は悪い。彼は祖母の額にそっと布をあてる。

祖母は目を開けるが、混乱しており、彼に向けて手をかざす。

祖母　ロスヴィタ、お前かい？

ヨハニス　僕、ヨハニスだよ。

祖母　ああ、ヨハニス、あたしの大事な子……どうやらお呼びが来たみたいだよ。みんなが待ってるんだ——おじいさん、お前の母さん、かわいいクララ。この古い殻を脱ぎ捨てるときが来たんだよ。

ヨハニス　おばあちゃんはどこにも行きゃしないよ。僕の声、ちゃんと聞こえてる？

祖母　あたしも長くないさ。影が見えたんだ。あのドアのところに立って、あたしをまっすぐ見てた。

間違いないよ……死神の羽が羽ばたいていたんだ。
ヨハニス　ただの夢だよ。
祖母　夢じゃない。廊下の明かり、つけたままだったろ？　輪郭がはっきり見えたんだ。
ヨハニス　明かりはつけたままにしてないよ。
祖母　それなら神さまの光だったんだね。ああ……お別れだよ。アデュー。

祖母は目を閉じてヨハニスの頬にふれる。

ヨハニス　おばあちゃん、どうかしちゃったんだね。
祖母　（再び目を開けて）行く前に、話を聞いておくれ。とても大事なことなんだ。（ヨハニスをそばに引き寄せて）お前を励ましたのは間違いだった。高望みしちゃいけないんだ。
ヨハニス　何のこと？
祖母　あたしのわがままだったよ。神様、お赦しください。お前にそばにいてほしかったから、家にいて絵描きにでもなればって言ったんだ。でもそんなことは忘れて、ちゃんとした仕事を探すときがきたんだよ。

祖母は長椅子にがっくりと倒れこむ。

ヨハニス　おばあちゃん！
祖母　しーっ。気が散るじゃないか。あたしの魂が昇ってかなきゃならないんだ。安らかに行かせておくれ……しっかりやるんだよ、あたしの大事な子。
ヨハニス　あのさ――おばあちゃんが見たのは天使じゃない……**彼女**だったんだ。
祖母　彼女でも彼でも――どっちだっていいさ……死神はどっちでもないよ。
ヨハニス　**彼女**だよ！　女の人なんだ。本物のね！
祖母　（片目を開けて）誰だって？
ヨハニス　エルサっていうんだ。エーデルトラウドじゃないよ。彼女が絵を描いてたんだ。僕じゃなくてね。
祖母　（心配そうに）お前、どこか悪いんだね。お医者に行くと約束しておくれ。
ヨハニス　おばあちゃん、いいかい、クララと、よくバイオリン弾いてた子がいたろ？　あの子がエルサなんだ。ちょっと前にニューヨークにいるあの子の兄さんたちから手紙が来てさ、おばあちゃんそれを開けたとき、エルサのこと言ってたよ――
祖母　手紙？　そんなものおぼえてないね。
ヨハニス　失くしちゃったんだね。戦争のあいだは、父さんと母さんがエルサを匿ってた……ほんとに何も知らなかったの？

祖母　そんなはずないよ。その子がこの何年かのあいだどうやって生き延びたのさ。
ヨハニス　父さんたちが面倒を見てたんだ。そのあとは僕が――
祖母　（なんとか身体を起こし）よくわからないね……なんでその子がまだ家にいるんだい？　もう何ヵ月も前に戦争は終わったじゃないか。
ヨハニス　僕が……ええと……怒らないって約束してね。
祖母　なんで怒んなくちゃいけないんだい？
ヨハニス　あの子にドイツが戦争に勝ったって言ってあるんだ。

祖母は、大丈夫か、という目で彼を見る。

ヨハニス　（続けて）そうさ、どうかしてるよね。ただ、あの子を失いたくないんだ。
祖母　ヨハニス、そんな子はいないよ。あの幼い子は大人になることもできなかったんだから。
ヨハニス　書斎で物音を聞いたろ！　あの手紙が届いた日。ドアには鍵がかかってたし、バンって音がして、おばあちゃん転んじゃったじゃないか。
祖母　作り話はおよし、鳩が住み着いてたのさ――窓を開けっぱなしにするから。鳩だったんだよ。ちゃんとおぼえてる。
ヨハニス　あの子が生きてるんだ。

祖母　お前の頭の中でね。

ヨハニス　この家の中だよ。おばあちゃんと僕みたいにちゃんと生きてるんだ。

祖母　（ヨハニスを気遣い）悪かったと思うから、そんなこと言うんだよ、ヨハニス。あの子を**助けてやりたかった**、でもそれができなかったから――

ヨハニスは祖母を見て、突然自己不信と混乱におそわれる。エルサの元へ行こうと立ち上がり、かろうじて祖母に注意を向ける。

祖母　（続けて）ヨハニス、戦争だったんだよ。オーストリアは占領されて、ひどいことが起きた。もうヒトラーはいなくなった、自殺したんだよ。いいかい？　お前はけがをして、もう少しで死ぬところだった……約束しておくれ……誰かに助けてもらうと。ヨハニス？　ちゃんと聞いてるかい？　あの子、エルサっていうその女性は――本当はいないんだよ。

祖母はまた、カウチに倒れこむ。ヨハニスは祖母に毛布をかけて、書斎に駆けつける。

【転換】

第二七場　――書斎――　承前

ヨハニスは書斎に入り、エルサが跪いている姿を見てぎょっとする。エルサはチューブから青い絵の具を飲みこもうとしていたようだ。彼女はげえげえと吐き出しながら、気を失いそうになっている。

ヨハニスは彼女の手からチューブをつかみ取る。

ヨハニス　エルサ！　エルサ！　何をしたの⁉

ヨハニスは床に倒れこむエルサを抱きかかえる。

ヨハニス　（続けて）エルサ、お願いだよ！　僕を置いていかないで！

エルサ　ごめんなさい……もう無理――（彼の手をつかみ）助けて……私を病院に連れていって。

間。

ヨハニス　（どうすべきか、起こり得ることについて悩みながら）できない……だめだよ。危険すぎる。
エルサ　（せきこみながら）お願い、ヨハニス、お医者を呼んできて――

ヨハニスは絵の具チューブを調べる。

ヨハニス　ここに来るの間に合ってよかった！（間）ミルク、ミルクを取ってくるよ……それからひまし油、そうだ！　おばあちゃんの部屋にあったはず。きっとうまくいくよ。大丈夫さ。

ヨハニスはエルサを楽な姿勢にしてやり、布で顔をぬぐい、ショールで彼女の身体を包んで手を握る。

ヨハニス　きっとよくなる。僕を信じて！

エルサは彼を見つめ、両手に顔をうずめる。
ヨハニスは駆け出す。
【転換】

第二八場　――夜

ヨハニスはラウンジに入り、祖母の腕と脚がカウチからだらりと下がり、その口が片側に開いているところを見る。

ヨハニス　おばあちゃん？　嫌だ、嫌だ、おばあちゃん、頼むよ……今はだめだ……

ヨハニスは祖母の呼吸を聴き、脈を確認する。

ヨハニス　おばあちゃん……

ヨハニスは祖母の顔に自分の顔を近づけ、その頬、額にキスをした後、少しのあいだハグする。

祖母の手をそっと胸の上で合わせる。彼は立ち上がり、部屋を出る。

間もなくヨハニスは祖母のウェディングベールを手にして、戻ってくる。祖母を見下ろして立ち、足元からはじめて、最後に彼女の顔と頭をベールで覆う……ヨハニスは亡骸を丁寧に整え、ベールを飾る花が祖母の頭のところにくるようにする。

ヨハニスは祖母の横でしばらく跪き、両手で顔を覆う。


【転換】

第二九場 ——昼

エルサはカウチに横たわり、深い悲しみに沈んでいる。
ヨハニスがバイオリンを手に部屋に入ってきて、エルサにやさしく渡す。

エルサ （にわかに元気が出て）私のバイオリン！

エルサはケースを抱きしめ、カウチに置き、手でなでてからふたを開けて、バイオリンを取り出し、愛しげに抱えたあと、裏返し、全体をチェックする。左手で軽くつま弾く。

エルサ （続けて）何年もたつのに、コンディションは完璧ね。

エルサはバイオリンの匂いを吸いこむようにかぎ、顎の下に構えて、その感触を楽しむ。

エルサ　（続けて）二度と見られないと思ってた。

ヨハニス　もう少しでそうなるところだったね。（気を遣いながら）ねえ、エルサ、教えてほしい——なぜあんなことしたの？

エルサはバイオリンを下ろしてじっとそれを見つめる。

エルサ　なぜ私に生きる権利があるの？　あんなにたくさんの人たちが亡くなって。愛している人がみんな死んでも、私は生きている……一体何の意味があるの？

エルサはバイオリンをケースにしまい、ふたを閉じる。

ヨハニス　（動揺して）エルサ。君に打ち明けないといけないことがあるんだ。どうか聞いてほしい。（間）今までずっと、どこか別の所にいたかったのはわかるよ。きっと心の中ではそうしてたんだね、僕は君を幸せな気持ちにしてあげたかった。でも力が足りなかったんだ。（ヨハニスは打ち消してもらうことを期待して待つが、エルサは黙っている。）ドアを開けるたび、僕がどんな気持ちになるか君には想像もつかないと思う。ただ君を抱きしめて、ずっとそばにいてほしいって思ってるんだ。君を愛している。自分のことよりも。それを証明してみせるよ。君は生きていくために僕が必要だと思ってるだろうけど、本当は――

エルサ　もうやめて、ヨハニス

ヨハニス　黙って！　本当は、君は僕なんか全然いらないんだ！　でも、わかってほしい。何もかも、ただ君を愛してるからこそやったことなんだ。でも、君があんなひどいことをしたから……わかったんだ、僕はまるで君の助けになっちゃいない、君をだめにしているんだよ。ずっと前に言うべきだった――

エルサはヨハニスの口を覆う。

エルサ　いいえ、言わないで。あなたは悪くない！（間）あなたはずっと私にやさしかった。私は疑っていたの。あなたを信じられなくて、だからあんなことをしたの。あなたを試さないといけないと思って。

ヨハニス　（戸惑って）試す？

エルサ　あなたの話が嘘で、ドイツが戦争に負けていて、私が外に出ても大丈夫なら、きっと私を病院に連れていき、私を助けるためなら何でもしてくれるはずだと考えたの。

ヨハニスは口を開こうとするが、エルサがさえぎる。

エルサ　（続けて）あなたの言う通り、私はわがままよ。ご両親にここに匿っていただいてから、私は自分のみじめさのことばかり考えてた。あなたときたら！　つらさを分かち合い、決して不満を漏らさなかった。いつでも私のことを一番大事にしてくれた——

ヨハニス　違うんだ、エルサ——

エルサ　言わせて！　あなたのおかげで私は生き延びて、ずっとこの壁の中で無事だった。自分だったら、誰か他人のために、命を懸けたりできたかしら。あなたとご両親がしてくれたみたいに——

ヨハニス　エルサ、君が思うような話じゃないんだ。

エルサ　ああ、ヨハニス、私が何もわかってないと思ってるの？　知らないとでも思ってるの？

ヨハニスは混乱してエルサを見る。（誰が誰をだましていたのか？）

エルサ　まるで、神様から判決を言い渡されたみたいに感じてたの——ここで、生き続けるようにと。私は恩知らずだった。ごめんなさい。

エルサは彼のそばに寄り、手を取ってその目を見つめる。

ヨハニス　エルサ、お願いだ。本当のことを言わせてほしい――

エルサ　本当のこと……（エルサは少し身を引き、大切なことに気づいた様子を見せる。）本当のことは……もしユダヤ人に生まれてなかったら、私があなたの立場だったかもしれないっていうこと。兄たちや私は、ヒトラー・ユーゲントで育ち、狂人の言葉を正しいと信じて、彼のためなら**何だって**喜んでやったと思う。あなたとキッピみたいにね……

ヨハニスはエルサの真意を理解すべく少し間をおく。

ヨハニス　（間）僕らは、餌をあげてた小さくてかわいいアヒルの子を殺さなきゃいけなかった……素手で首を折るように言われたんだ。一羽ずつ、ね……

エルサ　あなたたちは、自分の子ども時代を殺すように命じられたのよ。

ヨハニス　僕らが泣いちゃったから、まずいことになって、あのあと、総統の名においてお互いを殺せるか考えてみた。そんなの無理だって思った。そしたら僕らは弱虫ってことになったんだ。

エルサは彼の手を取る。

エルサ　違うわ、ヨハニス……子どもの心は真っ白なカンバスみたいなもの。幼いころ教わったことを塗り替えるのはまず無理よ。そこに新しく色を重ねていくしかないの。（間）でも、光もさしてくる――何と呼んでもいいけど。それがあれば、私たち、正しいことと、間違ったこと、真実と嘘を見分けられるようになるの。（ヨハニスの顔を両手で包み）あなたはその光を見たの。だから私は今、ここに立ってる。

二人は抱き合う。エルサはヨハニスの傷のある頬にキスをする。

ヨハニス　愛してる、エルサ。
エルサ　私も。

ヨハニスは彼女の唇にキスをする、彼女も応え――激しいキスとなる。

【転換】

第三〇場　――その後。夜

ヨハニスとエルサはカウチで眠っている。ヨハニスの腕がエルサにかかっている。

エルサは目を開ける。彼を起こさないよう注意して、ヨハニスの腕を持ち上げ、カウチから起きる。

彼女は胸元から封筒を出す（ニューヨーク、ブルックリンの兄からオーストリア、ウィーン、オッタクリング、ウィルヘルム・ベッツラー氏宛て）。

エルサは開封し、手紙を取り出して、それにキスをしてから胸元にしまう。

ヨハニスがくれたブローチをはずし、封筒に留める。それをカウチに眠るヨハニスの横にそっと置く。

カウチの下からバイオリンケースを取り出し、大切に抱えてヨハニスから静かに離れる。安らかに眠る姿を最後にじっと見つめ――退場する。

【溶暗】

幕

訳者解説

『囲われた空』の歴史的背景
――アンシュルス、ヒトラー・ユーゲント、オーストリアのホロコースト

『囲われた空』の原作 *Caging Skies* の作者クリスティン・ルーネンズは、歴史的背景の調査研究に多大な労力を割いた。特に、およそ七年に及ぶ執筆プロジェクトの初期には、ノルマンディーに滞在、地元の博物館を繰り返し訪ねて資料を検討し、その成果を創作に活かしたという(1)。そして脚本家デジレ・ゲーゼンツヴィは、作品冒頭の登場人物紹介の部分に年表を併記して、この物語が史実を忠実に反映したものであることを明示している。ここでは『囲われた空』の歴史的背景ついて補足説明を加え、作品のより深い理解につなげたい。

主人公ヨハニス・ベッツラーは一九二七年にウィーンで生まれ、一一歳でナチスの青年組織、ヒトラー・ユーゲントの若年組織、ドイツ少国民団（Jungvolk）の熱心なメンバーとなる。ユダヤ人と工場を共同経営していた父親は当局に連行され、母と祖母との三人で暮らしている。やがてヨハニスはユーゲントの活動

中に負傷し、自宅での長期療養を余儀なくされる。自宅の隠し部屋の中には、両親が密に匿っていたユダヤ人女性、エルサがいる。物語は一九四四年に幕を開け、ナチス・ドイツはすでに破滅に向かっている。この時期のオーストリア市民はどのような状況におかれ、主人公が後に加入するヒトラー・ユーゲントとは、一体どんな組織だったのだろうか。

1　アンシュルス（独墺合邦）

「信じられないよ。アンシュルスから七年なんて。昨日のことみたいだよ、ドイツ軍が国境を越えてくると、みんなは声援を送って、花を渡していた」（第一九場）

ヨハニスの祖母は、戦局が絶望的で日々の暮らしも苦しさを増す中、アンシュルス（独墺合邦）成立のころを懐かしんでいる。当時、自分を担架で運んでくれた兵士を思い出し「制服着て、本当に恰好よかったねえ」と語る。原作では、それ以前に歩けなくなっていた祖母を、ドイツ兵が担架に乗せ、合邦の是非を問う国民投票に連れていったことになっている。脚本では国民投票への言及がないため、祖母が不自由な身体をおして、沿道で歓迎する群衆に加わったか、あるいはその人混みの中で転倒して、ドイツ兵に助けられたという解釈が可能である。いずれにせよ、祖母の言葉からドイツ兵への嫌悪や皮肉は感じられない。敗戦間近でもなお、彼女にとってアンシュルス成立当時の記憶は色褪せず、進駐してきたナチスはヒーローに見えたのである。

リンツ近郊で生まれたアドルフ・ヒトラー（Adolf Hitler 1889-1945）は、母国オーストリアをドイツに併合するために、一九三八年三月一二日、ドイツ軍を率いてオーストリアに入った。市民は至る所で彼らに大歓声を送った。ドイツ兵の配るハーケンクロイツの小旗を、人々が争って求める様子が映像に残されている。(2) こうした市民の反応を見て、ヒトラーは後に「ここで私がアンシュルスを成し遂げなければ、オーストリアの民衆は失望するだろうと確信した」と述べている（Gehl 194）。

ドイツ軍進駐からわずか一日で、極めて円滑にアンシュルスが成立し、その約一ヵ月後、あとづけで国民投票が行なわれた。ヒトラーはその前日、熱狂して集うウィーン市民に向かい「私の名は、この国の偉大なる息子の名前として長くおぼえられることであろう。私は信じている。神によって、一人の青年がこの地からドイツ帝国へと遣わされ、長じて国家の指導者となり、祖国が再び帝国に加わるものとするのだ」と語りかけた。英雄の凱旋スピーチであり、「神の一人子イエス」のイメージを彷彿とさせる言葉遣いである。国民投票の結果は、公式発表によると九九・七五％が、合邦に賛成票を投じたという（Steven 238-39）。

オーストリアがアンシュルスに向かう具体的なプロセスは、第一次世界大戦終結時に始まったといえるだろう。合衆国大統領ウィルソンが発表した「一四ヵ条の平和原則」によって、オーストリア＝ハンガリー帝国内の諸民族の自決が掲げられた結果、チェコスロバキア、ポーランド、ハンガリーなどが次々に独立し、ハプスブルク帝国が崩壊する。皇帝カール一世は国外に逃亡し、第一次オーストリア共和国（一九一八―三八）が誕生した。

新生共和国の喫緊の課題は、何より国民を飢餓から救うことであった。特に首都ウィーンは、復員兵や新生国家で職を失った公務員たちであふれかえり、終戦直後の食糧事情や住環境をさらに悪化させたという。大戦中から始まっていたインフレも深刻化し、生活費が高騰した。一九二六年の時点で、オーストリアの労働人口のうち二割近くが失業しており、市民の多くが、戦時国債の損失で蓄えを失っていた（Hofmann 170）。

二〇年代の経済状況は、国際連盟からの多額の借款や通貨刷新によりある程度持ち直し、二九年には戦前のレベルにまで達したが、労使間の関係は悪く、右派キリスト教社会党と左派オーストリア社会民主党の政治的対立は未解決のままであった。特に、それぞれの党派に組みする私兵集団、護国団（右派）と防衛同盟（左派）の反目が激化し、しばしば深刻な武力衝突に発展した。二七年には、結果として死者八九名を出すほどの激しい争いがウィーンで起きている。護国団はより戦闘的で、後にヒトラーを指導者として仰ぐと宣言している（Steven 211-12、リケット一三七―三八）。

続く三〇年代も不穏な空気の中で始まり、オーストリアが世界恐慌の壊滅的な影響にさらされた時期でもあった。三一年、ウィーンのクレディト・アンシュタルト銀行がヨーロッパの銀行で初めて破産し、金融機構全体を揺るがせた。失業者は労働者人口の三分の一を優に超えるほどに増大し、国内の不満は一触即発の状況となった。そのころドイツでは、三〇年の国会選挙で、ヒトラー率いる国家社会主義ドイツ労働者党（ナチ党）が大躍進を遂げ、その三年後に政権を取るに至っている。オーストリア内部のナチ党員らが引き起こす暴動の頻度も増えていった。三四年には当時の首相エンゲルベルト・ドルフース（Engelbert Dollfuß 1892-1934）が、オーストリア・ナチスの手によって暗殺されている。その後、ドルフースの後継であったクルト・シュシュニック（Kurt von Schuschnigg 1897-1977）が、オーストリアの独立を維持すべく画策するも頓挫した。

三八年三月にドイツ軍を歓呼の声で迎えた人々は「一つの民族、一つの帝国、一人の指導者、一つの勝利」というスローガンを叫んだが、そこには「ユダヤ人をやっつけろ」という声も混じっていた。群衆はこのときすでに、ユダヤ人の商店に投石するなどの暴力行為に及んでいる（Bukey 27）。そしてアンシュルス成立以後、オーストリアはドイツの一地方となり、ニュルンベルク法など、ドイツで施行されていた法律や制度がそのまま適用されることとなった。この時期から四〇年までに、一〇万人を大きく上回るユダヤ人が国外に逃れている[3]。エルサの兄たちが渡米したのも、こうした事情によるのである。

2　ヒトラー・ユーゲント

「父さんが面倒なことになるとしたら、全部自分で蒔いた種さ」（第二場）

ヒトラー・ユーゲントのメンバーとして市街戦に参加し、重傷を負ったヨハニスは、しばらく意識が戻らなかったが、目覚めてすぐ母親と口論になっている。このときすでに父親は逮捕されており、不在で、母親は息子の日頃の行動に対し批判的だ。総統の肖像を部屋に掲げることも好ましく思っていない。ユーゲントの活動に熱心な息子と両親のあいだには、深い溝ができてしまっている。ヨハニスがユーゲントの下部組織に加入したのは、アンシュルス成立の年で、親友キッピと同時の入隊だった。

「ヒトラー・ユーゲント、ドイツ労働者青年同盟」は、一九二六年の党大会で決定したナチスの青年組織の正式名称である。これは本来、ナチズムに共感する若者たちが各地で自発的に結集し、複数の組織が党の（すなわちヒトラーの）承認を求めて競合しあった結果、成立したものだ。女子の組織も「ドイツ女子同盟」として青年組織に従属するかたちで活動していた。三二年になると、バルドゥール・フォン・シーラッハ（Baldur Benedikt von Schirach 1907-74）が主導権を握り、以後終戦に至るまで、ミュンヘンでユーゲントの組織を統括することになる。

戦間期において、ドイツ・オーストリアの市民生活は困窮し、極めて娯楽の少ない日々であった。したがって任意加入でも（三六年以降は法律により、義務となる）メンバーは続々と集まった。ボーイスカウトのような活動が、純粋に魅力的に思われたからだ。スポーツ大会や、夕べの集会、週末の遠出やキャンプだけでなく、愛国歌を歌いながら旗を掲げて行進するといったものでさえ、子どもたちの心を強く惹きつけた。茶色い開襟シャツの制服も憧れの的であった。ただし、夏の三週間、隊員に義務として課されていたキャンプのプログラムは、過酷な軍事教練そのもので、武器の取り扱いから塹壕の掘り方、敵の殺し方に至るまで教えこまれた（バートレッティ 九二―九四）。

ここで当時の事情について、三人の元ユーゲントのケースを参照したい。一人めは、一九八三年に来日し、「私は熱心なヒトラー・ユーゲントだった！」と発言した作家、ハンス・ペーター・リヒター（Hans Peter Richter 1925-93）である（『ぼくたちもそこにいた』二九八、以下『ぼくたち』）。ケルンで生まれたリヒターは、ヨハニスに設定されている年齢より二歳年上で、「第三帝国が事実いかなるものであったかの偽らざる記録」（『ぼくたち』扉）を残すべく、『あのころはフリードリヒがいた』（一九六一）にはじまる自伝的な三部作を上梓している。彼がドイツ少国民団に加入したのはわずか九歳のときであったが、純粋に活動に参加したいと考えてのことだった。さんざんねだって祖母に買ってもらった茶色いシャツを着て、隊列を組んで歌いながら街を行進するうちに恍惚状態で足を蹴り上げていたという（『ぼくたち』三九―四二）。また、真冬にバッジを一人五〇個持たされて、それを売るというかたちで募金活動をしたり、二組に分かれて「模擬野戦」なども行なっている。こうした活動中、消極的であったり、従順さに欠ける者は、大隊長に虐待されるが、周囲の少年たちは、ただ緊張してそれを見守る（『ぼくたち』一二〇―一二六）。また、訓練の際に、的になった野良猫を一斉射撃すると、猫は「ぞっとする叫び声」を上げて死ぬが、銃を向けた自分たちの心情には全く言及がない。皆が隊長の指示に機械的に従う様子が記されている（『若い兵士のとき』二二一―二二三）。

こうした小動物の殺傷に関しては、*Caging Skies* の場合も、原作と戯曲ではアヒル、映画ではウサギを殺すよう命じられるエピソードが取り上げられている。戦闘時のトラウマを軽減するために、近年でさえアメリカ軍がヤギの殺傷を訓練に取り入れているが（二〇一一年の記録によると、年間一万匹以上が犠牲になっている)[4]、正規の軍隊にまだ属さない、一〇代半ばの少年たちにそれを強いているという点に深刻な問題がある。本来は週末のキャンプや遠出が楽しみで参加した子どもたちを、従順で冷徹な兵士に仕立てるのが組織としてのヒトラー・ユーゲントの役割であった。

もう一人は、戦後のごく早い時期に、自分がナチ党員であったことを公に認め、手記を発表したメリタ・マッシュマン(Melita Maschmann 1918-2010)である。マッシュマンは中流の比較的恵まれた家庭で育ち、両親は保守的な国粋主義者であった。彼女はこの両親から反対されたにもかかわらず、三三年に一五歳で秘密裡にユーゲントに加入している。その後、終戦に至るまでナチスの方針に従い、ゲシュタポ(秘密警察)に言われるまま、親友とその家族とを監視する任務も遂行した(Maschmann 56-58)。

マッシュマンに監視されていたかつての親友、マリアン・シュヴァイツァー(Marianne Schweitzer)は、マッシュマンがユーゲントに加入したのは、伝統的、保守的な親のあり方に物足らない彼女が、親に反抗しながらも、国粋主義者であり続ける道をナチズムが提示したからではないか、と分析している(Schweitzer 277)。ヒトラー・ユーゲントの魅力の中には、こうした親への反抗をバックアップするという要素も含まれていた。なかには、ユーゲントを批判する親の発言を不用意に外部に漏らしたために、親が強制収容所に送られるという事態を招いた者もあった(原田 七二)。

ギュンター・グラス(Günter Grass 1927-2015)もまた、親や家から離れたいという欲求をユーゲントへの入隊によって満たしていた。グラスはヨハニスと同じ年にダンツィヒ(現ポーランド、グダニスク)で生まれた。一〇歳でユーゲントに志願し、クリスマスには、ベルトやサスペンダーを含むユーゲントの制服一式を欲しいもののリストのトップに記したという。さらにグラスを惹きつけたのは「若者は若者によって導かれねばならない！」といったユーゲントのスローガンと、小市民的で息が詰まるような家族のしがらみや家業の食料品店の顧客たちのおしゃべり、そして父親[5]からの解放であった。狭い二部屋のアパートの中で自分に占有を許された空間が、窓枠の下だけであったことも彼の気持ちを入隊へと向かわせた（グラス二四―二五）。グラスは、ユーゲント隊員であった自分が、狂信的ではないが「いかなる懐疑も〔自分の〕信念を緩めることはなかった」と明言しており（四〇）、勤労奉仕隊員としての任務を経て、最終的には一七歳でナチス武装親衛隊員（ＳＳ）となっている（一一五―一一六）。

はじめに言及したハンス・ペーター・リヒターも、一七歳で入隊している。一七歳では志願しないと兵士にはなれないし、親のサインも必要である。リヒターの場合、当初両親は強く反対したが、本人の意思が固く、結局は親が折れている（『若い兵士』四〇―四二）。リヒターの配属先は武装親衛隊ではないが、出征へのプロセスはグラスと同様、一〇代の初めにヒトラー・ユーゲントの若年組織に加わり、決して楽しくはない訓練や規律を経験しながらも、徴兵年齢に達する前に軍隊に志願している。

本作品のヨハニスの場合は、ウィーン防衛戦で負傷し、親友キッピを失うが、総統への信頼は揺るがない。父親が当局に連れ去られただけでなく、母親が公開処刑された姿を目にしたあとでさえ、彼の口からナチスを非難する言葉が聞かれることはない。終戦直後、解放された収容所の惨状を見学させられて初めて、彼はヒトラーの「夢」が「悪夢」だったと認める（第二五場）。主人公の洗脳の深刻さはこのように描かれている。

ヨハニスの部屋には、ヒトラーの肖像が掲げられている。実際に芝居として上演されるなら、この肖像画は重要な小道具であり、主人公が常に総統に見られている、あるいは、父親が不在でも、総統が見守ってくれている、という演出効果をもち得るだろう。ヒトラー崇拝はユーゲント活動と公教育の核心にあり、平均的なドイツ人家庭には少なくとも一つ、総統の肖像があった。小さな肖像はタバコのおまけとしてトレーディングカードにさえなっていた（Kater 67）。神聖でありながら常に身近にあるのが、総統の存在なのである。

若きギュンター・グラスも、ヒトラーについて次のようなイメージをもっていた。

> 総統を信じるのはいとも簡単なことだった。彼は無事だったし、まさに自身で主張する存在そのものだった。彼のしっかりした、どんな人の目でも射抜く眼差し。（中略）総統の肖像はどれも、ただ第一次世界大戦時の鉄十字勲章だけを身に付けた姿で、質素さのなかにある偉大さを強調していた。彼の声は天から降りてくるようだった。彼はどんな攻撃からも生き延びる。何か理解を超えたもの、神の摂理が彼を守っているということではなかったろうか？（グラス 九七–九八）

「質素さのなかにある偉大さ」。志は真逆であるが、ガンジーやマザー・テレサの肖像を形容する言葉としても通用する。夾雑物がなく、はっきりと描かれた顔立ち、多くの人々を惹きつけるのに、これほど効果的な肖像があるだろうか。

「ヒトラー・ユーゲントの正式活動の魅力はとても大きかったので、強制はほとんど必要なかった」（ニコラス 一四六）。ユーゲントの「魅力」には、グラスがかつて感知したような、ヒトラー自身がもつカリスマ性も含まれていたことだろう。組織にその名が冠されている意義は大きい。戦争末期になると、少年たちは絶望的な首都攻防戦に投入された。陥落直前のベルリンで行なわれた簡素なセレモニーにおいて、ヒトラーの表情や所作には、高圧的なところが見られない(6)。むしろ温かさが感じられる。これも彼一流の自己演出なのだろうか？　その横顔を緊張して間近で見つめるユーゲント隊員たちが、もし生き延びていたとしても、解放直後の収容所の惨状と、このときの総統の姿を結びつけて考えることは難しかったであろう。

3　オーストリアのホロコースト

「お父さんのことよ……マウトハウゼンに送られたから！（中略）もう寒いわ。お父さんは、どうやってこの冬を越すのかしら？」（第一一場）

ヨハニスの母の言葉には、収容所の内実を知らない一般市民の認識が見て取れる。実際の囚人たちは、気候の厳しさなど副次的な要因に思えるほどの辛酸をなめていた。主人公の父親が連行され、エルサの両親が亡くなったとされる「マウトハウゼン」は、ナチス・ドイツが比較的早い時期に設置したオーストリア最大規模の強制収容所であり、ウィーンから西へ一四〇キロほどドナウ川沿いに進んだ所にある。アンシュルス成立直後、親衛隊全国指導者のハインリヒ・ヒムラー（Heinrich Luitpold Himmler 1900-45）が、オーストリアでの逮捕者をドイツに移送する手間を省くために設立した。アウシュヴィッツのような絶滅収容所ではなかったが、「懲罰収容所」として特化されたもので、採石場に建設された。囚人は、一八〇段を越える階段を、花崗岩（一四―三〇kg）を背負って上がる、といった重労働を課され、拷問、人体実験も行なわれていた。ガス室も、アウシュヴィッツより小規模ながら設置され、四二年から使用されていた。一九四三年だけでも、死者数は囚人二万一〇〇〇人中、八四九一人にのぼっている（Berenbaum 65, 131）。

German Federal Archives

花崗岩を担いでマウトハウゼン強制収容所の「死の階段」を登る囚人たち。

ナチスの収容所を西側から解放していったアメリカ軍は、最後にマウトハウゼンに到着したが、それは四五年五月五日のことであり、設立以来七年近くの歳月が流れていた。

　エルサの父親は四五年一月に、アウシュヴィッツからマウトハウゼンまで歩かされたあと亡くなったとされている（第二五場）。これは後に言う「死の行進」で、一九四五年一月一八日から、ソ連軍の侵攻に先立ち、ナチスは急遽大混乱のうちに、アウシュヴィッツの撤収を開始した。主要棟での最後の点呼によれば、男性四万八三四二人、女性一万六〇〇〇人、政治犯九六人がいた。そのうち約五万八〇〇〇人が、各地の中継所や収容所を経て、冬の寒さと雪の中、場合によっては春の初めにかけて、ドイツやオーストリアに向けて歩かされた。収容所を出発する時点ですでに衰弱している囚人が大半を占め、多くが途中で隊列から遅れ、銃殺されたり、銃床で撲殺されたりした（Gutman 32, 411）。ただしこれに関してはマウトハウゼンとアウシュヴィッツはおよそ四六〇キロ離れているため、「囚人たちはグリヴィツエやシロンスクの集合地点まで徒歩で向かい、そこから鉄道でドイツ領内の各収容所に運ばれた[7]」という記述も参照すべきであろう。ユダヤ人の移送には常に貨車が利用されており、「鉄道で運ばれる」というのはすなわち、家畜や石炭、木材を運ぶ車両に詰めこまれて移動するということだ。目的地であるドイツ領内の各収容所は、終戦間際になって東方の収容所の受け入れ先となり、急増した囚人は水や食料の支給なしに放置されたので、伝染病や飢餓により、夥しい数の犠牲者が出た。

こうした壊滅的な状況に至るまで、どのような過程をたどったのだろうか。明らかな分水嶺といえるのは三八年のアンシュルスである。当時、オーストリア在住ユダヤ人の九二％以上がウィーンに暮らし、首都における彼らの経済的、社会的な存在感は非常に大きかった。その多くが中産階級に属し、職業はホワイトカラーが大半で、比較的裕福であった（Botz 199）。しかし、アンシュルスを機に、オーストリアでもニュルンベルク法が適用され、彼らの生活は一変する。この法律は三五年にドイツで施行されたもので、ユダヤ人から公民権をはく奪することを主な目的としていた。その後、従来は個人的、散発的だったユダヤ人に対する差別や暴力行為は、国家が認める組織的なものとして定着する。まず、ユダヤ人が経営する商店のボイコット、会社の没収、ユダヤ人子弟の強制的な転校などが行なわれた。やがて、ユダヤ人は突如わけもなく逮捕され、収容所に送られるという事例が発生するようになった（Berenbaum 21）。たとえば、当時ウィーンにいたユダヤ人、フレッド・エデラー（Fred Ederer）は、アンシュルス宣言の翌朝、父親がアメリカ大使館に赴いて移民の申請を出すも、実際に出国がかなう翌年の一月まで、逮捕・移送の恐怖の中で暮らしたと証言している。その間、ウィーン市民とナチスが連れ立って彼の家を訪れ、一時的に父親を拘束したり、金品の大半を持ち去ったりしたが、一家はなんとか渡米にこぎつけた(8)。

ユダヤ人の苦境にさらに追い打ちをかけたのが、三八年一一月の「水晶の夜」という、大規模なポグロム（ユダヤ人迫害）である。パリで起きたポーランド系ユダヤ人青年によるドイツ大使館員暗殺をきっかけに、ドイツ領内各地で、シナゴーグ（ユダヤ教の教会）の焼き討ち、ユダヤ人経営の商店や会社の襲撃が行なわれた。路上に散らばるガラスの破片が、月の光を受けて水晶のように見えたので、この事件はそう名づけられたとされているが、実際は流血の惨事だった。ここで中心的な役割を果たしたのは、ＳＳ（ナチス親衛隊）であったが、ヒトラー・ユーゲントもユダヤ人への暴力行為に加担していた。さらに、ウィーン市民の中にユダヤ人に対して同情を示すものは少なく、あえてユダヤ人を表立って支持する場合は、逮捕の憂き目にあった。結局五〇〇〇人のユダヤ人が捕縛され、ダッハウ強制収容所に送られた（Fraenkel 496-97）。この事件については、本作の脚本家も冒頭で短い説明を加えている。「水晶の夜」における暴虐は、それ以前の差別行為とは一線を画すもので、以後、ユダヤ人迫害は烈しさを増していく。

ヨハニスとエルサの会話においても、この事件が話題になっている。「水晶の夜」のあと、ヨハニスの父が何度も数日間帰宅しないという状態になり、自宅に戻っているときは、あまりに暗い様子なので、「またどっかに出かければいいのに、って思ってたよ」とヨハニスが語っている（第二一場）。ユダヤ人の状況が深刻になるにつれ、それを憂慮する父と、ヒトラーを信望する子のあいだの溝が決定的なものになっているところが描かれている。

『囲われた空』の物語は、ヨハニスの家の中だけで展開するが、すべては外の世界の出来事を反映している。当時のウィーンでは、ユダヤ人はもちろんのこと、そうでない市民にとっても、不穏で困難な状態が長期的に続き、ナチスが大衆の熱狂的な支持を集める素地ができていた。ヒトラー・ユーゲントである主人公と祖母の考え方は、決して特殊なものではなく、典型的な市民にも見られるものだったのである。一方、彼の両親は、ユダヤ人でないにもかかわらず、その勇気ある行動故に非業の死を遂げており、ナチスによる恐怖政治の苛烈さを表している。さらに、マウトハウゼン、アウシュヴィッツという、二つの異なる収容所が言及されている点も注目に値する。現在の日本において、アウシュヴィッツの名を知らない人はまずいないだろう。しかし、それがどこにあり、終戦間近に何が起きたかを知る人は限られていると思われる。また、オーストリア国内でも、早い時期から懲罰用の収容所が稼働し、最終的には撤収された東方の収容所の囚人の受け皿となるなど、マウトハウゼンの役割を知るにつけて、収監された収容所の種類や場所によって、囚人が味わった苦難が異なることにも気づかされる。

『囲われた空』は、フィクションでありながら、ホロコーストの史実に分け入るための貴重な糸口を随所に含んでいる。脚本を書いたデジレ・ゲーゼンツヴィはホロコースト生還者二世であり、ホロコーストの記憶に対する心理的な距離が極めて近いと考えられる。本論に続く「三人のヨハニス——*Caging Skies* のアダプテーションを読み解く」では、原作小説、戯曲、映画『ジョジョ・ラビット』という三作品を比較検討することで、この『囲われた空』の独自性を明らかにする。

註

（1）https://www.rnz.co.nz/national/programmes/standing-room-only/audio/201853733/caging-skies 参照。クリスティン・ルーネンズとデジレ・ゲーゼンツヴィは、舞台初演に先立ちラジオニュージーランドでインタービューを受けており、その内容に基づく。この番組は二〇一七年八月に放送されている。

（2）https://collections.ushmm.org/search/catalog/irn1000316 参照。ushmm は United States Holocaust Memorial Museum「合衆国ホロコースト記念博物館」のことで、ワシントンＤＣにあるが、膨大で多種多様な資料を公式サイトで公開している。

（3）https://encyclopedia.ushmm.org/content/en/article/austria. 参照。

（4）https://awionline.org/awi-quarterly/2012-summer/animal-torture-military-training-exercises 参照。ワシントンＤＣにある Animal Welfare Institute「動物福祉協会」発行の *The AWI Quarterly* に掲載された記事に基づく。

（5）グラスは、エディプス・コンプレックスが「第一の原因とは言わなくとも、動機のひとつとなり、私は家を出ることになったのだ」と『玉ねぎの皮をむきながら』に記している（七三）。なお、グラスの父親は、決して威圧的ではなく、週末に帰宅するグラスのために、ケーキを自ら焼くような人であった。

（6）在英の歴史家、マーク・フェルトン（Mark Felton）による歴史チャンネルの映像を参照。ヒトラーが、翌月自殺するベルリンの掩蔽壕《えんぺいごう》の前で、少年たちに鉄十字章を授与する式のもようが映っている。“The Bunker Boys –Hitler’s Child Soldiers, Berlin 1945”（https://www.youtube.com/watch?v=OqFhvKarYjU）参照。

（7）https://subcamps-auschwitz.org/death-marches. 参照。なお、アウシュヴィッツからグリヴィツエまでは五〇数キロ、シロンスクまでは六〇キロほどである。

（8）https://archive.org/details/bib265862_001_001/page/n2/mode/1up 参照。原本は合衆国ホロコースト記念博物館に紙媒体で保管されている。ユダヤ人の逮捕や金品没収の際、ウィーン市民が同行していたという証言も重要な意味をもつと考えられる。

参考文献

Beller, Steven. *A Concise History of Austria*. Cambridge UP, 2006.

Berenbaum, Michael. *The World Must Know: The History of the Holocaust as Told in the United States Holocaust Memorial Museum*. Little, Brown and Company, 1993.

Botz, Gerhard. “The Dynamics of the Persecution in Austria 1938-45.” Robert S. Wistrich, ed. *Austrians and Jews in the Twentieth Century: from Franz Joseph to Waldheim*. St. Martin’s Press, 1992.

Bukey, Evan Burr. *Hitler’s Austria: Popular Sentiment in the Nazi Era, 1938-1945*. U of North Carolina Press, 2000.

Fraenkel, Josef. *The Jews of Austria: Essays on Their Life, History and Destruction.* Vallentine Mitchell, 1967.
Gezentsvey, Desiree. "Caging Skies" 2018. Theatrical script.
Gehl, Jürgen. *Austria, Germany, and the Anschluss, 1931-1938.* Oxford UP, 1963.
Gutman, Yisrael & Michael Berenbaum eds. *Anatomy of the Auschwitz Death Camp.* Indiana UP, 1994.
Hofmann, Paul. *The Viennese: Splendor, Twilight, and Exile.* Anchor Press, 1988.
Kater, Michael H. *Hitler Youth.* Harvard UP, 2004.
Leunens, Christine. *Caging Skies.* 2004. The Overlook Press, 2020.
Maschmann, Melita. *Account Rendered: A Dossier on My Former Self.* 2013. Plunket Lake Press, 2016.
Schweitzer, Marianne. "Afterword." *Account Rendered: A Dossier on My Former Self.* 2013. Plunket Lake Press, 2016.
グラス、ギュンター『玉ねぎの皮をむきながら』依岡隆児訳、集英社、二〇〇八年。
ニコラス、リン・H『ナチズムに囚われた子どもたち――人種主義が踏みにじった欧州と家族』（上）若林美佐知訳、白水社、二〇一八年。
バートレッティ、S・C『ヒトラー・ユーゲントの若者たち――愛国心の名のもとに』林田康一訳、あすなろ書房、二〇一〇年。
原田一美『ナチ独裁下の子どもたち――ヒトラー・ユーゲント体制』講談社、一九九九年。
リケット、リチャード『オーストリアの歴史』青山孝徳訳、成文社、一九九五年。
リヒター、ハンス・ペーター『あのころはフリードリヒがいた』上田真而子訳、岩波書店、一九七七、二〇〇〇年。
――『ぼくたちもそこにいた』上田真而子訳、岩波書店、一九九五、二〇〇四年。
――『若い兵士のとき』上田真而子訳、岩波書店、一九九五、二〇〇五年。

三人のヨハニス——*Caging Skies* のアダプテーションを読み解く

はじめに

本書を手に取られた方の多くが、タイカ・ワイティティ（Taika Waititi）監督による『ジョジョ・ラビット』（二〇一九）を観て、その戯曲版ということで関心をもたれたのではないだろうか。この映画はラストシーンが非常に印象的な作品で、主人公ジョジョと、彼の自宅で匿っていたユダヤ人少女エルサが、戦争が終わり初めて二人で外に出て、デヴィッド・ボウイの「ヒーローズ」に合わせてダンスを踊る。エルサはともかく、ジョジョはまだあどけなさの残る少年で、戦時中は熱心な「ドイツ少国民団員」(1)だったから、いきなりあんなリズムにのれるわけがないとか、「ヒーローズ」は七〇年代にイギリスでヒットした曲のはず、といった現実的な考えは、浮かぶとしてもあとになってからで、エンドクレジットが流れはじめるころには、「ああ、面白かった」という気分に包まれる可能性が高い。実際この映画の評判は極めてよく、初公開されたトロント国際映画祭では、最も人気の高い作品に与えられる「ピープルズ・チョイス・アワード」

をとり、二〇二〇年にはアカデミー脚色賞を受賞している。ちなみにこの年の「脚本賞」はポン・ジュノ監督の『パラサイト 半地下の家族』で、タイカ・ワイティティの場合、あくまでアダプテーションの巧さを高く評価されたことになる。(2) こうしたアカデミー賞の脚色賞というカテゴリーによって、『ジョジョ・ラビット』に原作があることを知った観客もいたかもしれないが、それだけでは、この映画をアダプテーションとして鑑賞することにはならない。

リンダ・ハッチオン(Linda Hutcheon)によれば、アダプテーションをアダプテーションとして扱うということは、作品を「パリンプセスト的なもの」として受容する、つまり「原作テクストを絶えず意識させられる作品として考える」ことになるという(ハッチオン 八)。パリンプセストは、本来古代の羊皮紙で、書いたものを消した上にまた書けるという性質をもっていた。そこを捉えてテクストの性質を表す批評用語として用いられ、「一つのテクストの下にはいくつもの先行するテクストが隠れている(=重ね書きされている)」という意味をもつ。(3) ここで『ジョジョ・ラビット』に話を戻すと、もしも原作の内容を全く知らなければ、この映画を観て、異なるさまざまな別作品の記憶が鑑賞に影響を及ぼすことがあるとしても、肝心の原作が透けて見えることは決してないだろう。少なくとも、原作が本邦未訳である現在、日本の観客の多くが、『ジョジョ・ラビット』をアダプテーション作品として鑑賞することはない。あのユニークなプロットや人物造形の元には一体何があるのだろう。しかも原作 *Caging Skies*(以後『ケイジング・スカイズ』と表記)(4) は、映画だけでなく、この『囲われた空』という戯曲をも生み出しており、テクストだけでも三つの異なるバージョンが存在することになる。本論ではまず、これらを比較検討することによって、さまざまな可能性を秘めた原作を元に、二人のクリエイターが、各々全く異なる作品をつくり上げていることを示す。両者の違いは単に、演劇、映画といったメディアの種類に由来するだけではない。特に、本作『囲われた空』の場合は、脚本家がホロコースト生存者二世であることが、創作行為に大きな影響を及ぼしたと考えられる。それを『ジョジョ・ラビット』との対比において明らかにしたい。

ここで簡単に三つの作品の制作経緯を記すと、原作『ケイジング・スカイズ』は、ベルギーおよびニュージーランドに国籍をもつクリスティン・ルーネンズによる二作目の小説で、初版が二〇〇四年、日本では未訳ながら、すでに二〇数ヵ国で翻訳が出版されており、(5) 二〇〇七年には、メディシス賞（フランスで最も権威のある文学賞の一つ）にノミネートされている。脚本家のデジレ・ゲーゼンツヴィは、二〇一五年にルーネンズから直接この本を紹介されてシナリオを執筆し、その二年後、アンドルー・フォスター（Andrew Foster）の演出により、ウェリントン（ニュージーランド）のシルカ劇場で舞台が上演されている。(6) 一方、マーベル映画も手掛けるタイカ・ワイティティ監督は、ユダヤ人である自身の母親にすすめられたことがきっかけで、原作を映画化するに至った。(7) 二〇一〇年に監督のほうから作家に打診があり、出版はされていないが、脚本も彼が執筆している。原作の出版から映画の公開までにおよそ一五年の月日が経過している。

なお原作と戯曲の *Caging Skies* というタイトルについて、ルーネンズにメールで問い合わせたところ、なぜ「空」が複数形で表されているのか、cage「閉じこめる」という動詞を受動態でなく能動態で用いているのはなぜか、というこちらの質問に対して、次のような回答があった。

「空」"skies"は本来、空のように自由で無限であるはずの、「若い二人の心」"young minds"を表します。「閉ざされた」("caged")でなく「閉ざす」("caging")としたのは、人間の精神を強硬に束縛し、ドグマを吹きこむことの不条理さを、タイトル全体で強調するようにしたかったからです(8)。

この説明をもとに直訳すれば「空を閉じこめる」という訳語になると思われるが、ルーネンズの以前のメールでは、フランスやイタリアにおいて「檻の中の空」、「閉じこめられた空」という意味のタイトルで出版されているので、参考にしてはどうかという提案もあった(9)。最終的に『囲われた空』としたのは、こうした原作者の提案と、cageという動詞の語感を大切にしたいという脚本家の希望に依るところが大きい。

1　『ケイジング・スカイズ』——成長小説のパロディ

原作『ケイジング・スカイズ』の書評によると、「力強く、洞察に満ち、激しい感情を描きこんだ大胆な作品」(*Historical Novel Society*)、「心を揺さぶり、独特で野心に満ちた美しい小説」(『ル・モンド』)、この作品は「ヒトラー政権下のウィーンを舞台にした、告白調の、頓挫した成長小説」(Menon)、「結末は異なるが、ジョン・ファウルズ(John Fowles)の不穏な小説『コレクター』を思い出させる」(Rapp)といったコメントが見られ、それだけでも、いかに映画『ジョジョ・ラビット』と異質な作品であるかがわかる。ルーネンズ自身もインタビューの中で「この本と映画が同じものだと思わないでください。映画は、プロット、主要登場人物、歴史的背景の枠組みを原作から取り入れていますが、原作のトーンはより暗く、戦後数年間の物語も含んでいます。これらは優劣を競うのではなく、同じ重要なメッセージとテーマを伝えるにあたり、それぞれのメディアの制約と自由度にしたがって、互いを補いあい、必要としているのだと考えることが大切です」と語っている。[10] 加えて、原作のジャンルを特定しようとしても、「ホロコースト・フィクション」、「成長小説」、「スリラー」、「恋愛小説」といった、さまざまな要素が混在していて一つに決め難い。ルーネンズは執筆にあたり、滞在していたノルマンディーの平和記念博物館に通って綿密な資料調査を重ねた。[11] 当時を振り返り、彼女は次のように語っている。

最初の作品のときは、ひたすら書いていました。今回はそうはいきませんでした。これはヒトラー・ユーゲントへの加入が強制的になった時代です。まず歴史を組み立て、プロットをそれに沿わせました。（中略）興味深いことに、そうすることで物語が重層的になりました。集合的なスケールと、個人的なスケールで、物事が起きていくわけです。[12]

ホロコーストの時代を扱うことに対し、作家は特別な配慮が必要だと認識し、その結果、物語と史実との整合性を重視していたことが見て取れる。後に言及するように、二つの「スケール」が意識されていることも注目に値する。

この作品を読み解くにあたり、まず語りの視点について検討してみよう。物語の前・後半で語り手が切り替わる『コレクター』とは異なり、『ケイジング・スカイズ』の場合は、一貫して主人公ヨハニスの一人称語りが続く。彼は最終章で、「すべてを書いて、検証のために読み返した」(Leunens 294)と述べており、ここまでの物語が回想録であったことがほのめかされる。だとすれば、執筆時期は一九四九年で、ヨハニスはすでに二二歳になっており、そこから振り返って自らの生い立ちと、アンシュルス(独墺合邦)以降のウィーンで自分に何が起きたかを記していることになる。エピソードに盛りこまれた情報は、その時々の年齢で知り得るものに限定されており、後知恵にあたるものは含まれない。"the Childhood"「子ども期の自伝」のスタイルを模している。(13) 父方の祖父母の結婚の経緯と、皿で飼っていたカタツムリの思い出に微細な説明が加えられる一方、父親と工場の共同経営をするヤーコフがユダヤ人であることには、この時点で言及がない。ヨハニスは「人種」という概念をまだ知らないからだ。ナチス・ドイツによるオーストリア侵攻の模様も、幼い少年の目を通して再現されるため、唐突に始まり、旗に描かれた鉤十字は「風がふけばまわる風車」のようだ。周囲のお祭り騒ぎは「すばらしい」ものに思えるので、自分もぜひ加わりたいと願うが、父は許してくれない。「あの男はお前のような幼い子を気にかけてはくれないよ」と言うばかりだ(Leunens 17)。このときヨハニスは、ヒトラーの名前すら知らないことになっている。

こうした「子どもの視点」は、原作の場合、主に作品冒頭の章に限定されているが、後に『ジョジョ・ラビット』において、全編を通じて最大限に利用されることになる。「子どもの視点」がもつ効果として真っ先に挙げられるのは、「異化」(defamiliarization)であろう。これは本来、見慣れたもの、すでに知っているものを、非日常的で、目新しいものとして提示する文学の手法や役割を指す用語であるが、(14) 特に子どもに焦点を当てたホロコースト文学については、「事実や認識の誤り・前後関係を無視した特定の細部への関心・感情の喪失・不確かな、あるいは分裂した時間感覚・作者、語り手、主人公のあいだの緊張関係・年齢特有の執筆や記憶に対する関心」といった要素が見られるという（Vice 2）。一九三八年当時一一歳である主人公にとって、アンシュルスという歴史的な事件は、周囲の大人の熱狂と、英雄到来の予感といった、表層的で刺激的な一面のみで捉えられており、それに至る経緯や、間もなく顕在化する徹底した人種差別政策と大量虐殺への予兆は微塵も感じられない。ナチス・ドイツによる侵攻の始まりが、陰鬱さや不穏さとは無縁のイメージで描かれるため、読者は「子どもの視点」を借りながら、当時の一般市民の多くが、実はこの少年と同じレベルの洞察力しかもち得なかったのではないか、という疑念を抱くだろう。第一章末尾のナチス・ドイツによるウィーン入場の描写は、「読者が落ち着かない不安な気持ちにさせられる」(15)（Spacks 143）という点で、風刺が最も成功している部分であり、後日、これが『ジョジョ・ラビット』冒頭の、ヒトラーに熱狂する市民のニュース映像に結びついたと考えられる。タイカ・ワイティティ監督はそのBGMにドイツ語によるビートルズの「抱きしめたい」を選び、現代の観客との心理的距離を絶妙な感覚で縮めている。

ヨハニスの「子どもの視点」はしかし、早くも原作の第二章で大きな変化を遂げる。アンシュルスを経て学校環境が激変し、彼はナチスのドグマをすぐに吸収し、ヒトラーの名も初めて知ることになる。もはや、周囲の大人と違う感性をもつ子どもではなく、ミニチュアの大人、小さなナチスとして生まれ変わる。ヨハニスの子ども期は瞬く間に失われ、続く第三章冒頭でヒトラー・ユーゲントの年少組織「ドイツ少国民団」に加入すると、以後、安定したヒトラー信奉者として、周囲の状況を把握するようになる。ヨハニスの語りからは、「子どもの視点」特有のアンバランスさや、突飛な比喩が消え、表面的・感覚的なものの見方に替わって、周囲の大人の内面を推し量るような傾向が見られるようになる。後に反政府活動がもとで処刑される母が、この時点では、我が子の初めての制服姿に内心満足していることを見抜いたり、反ナチの姿勢を貫く父親が、自分を疎んじていると推察したりする（Leunens 29）。

原作においてアンシュルスの次にヨハニスの内面に決定的な変化をもたらすのは、両親が密かに匿っていたユダヤ人女性エルサとの出会いだ。かつてエルサは、糖尿病で早逝（一二歳直前）したヨハニスの姉と、家で一緒にバイオリンのレッスンを受けていた。実は第一章ですでに二人の最初の出会いが描かれているが、当時四歳のヨハニスにとっては、姉よりもバイオリンをめぐる記憶のほうが鮮明だったほどなので、そばにいた「きれいな友人」については姉との笑い声をおぼえているのみだ。やがて彼が自宅の隠し部屋（というより、壁のあいだに作られた狭小空間）にいたエルサを発見したとき、彼女はすでに二〇代半ばに達している。初めてその姿をはっきり見たヨハニスが、女性という単語を三度も繰り返したうえに、「胸のある大人の女性」（a mature woman with breasts）、と表現している点は注目すべきである。異性体験がない青年の目から見れば、人種の問題はさておき、エルサは第一に、性的な存在なのだ。彼女の命は「完全に僕のもの」で、ヨハニスはその首にナイフを近づけると、「胸が悪くなるほど魅了され」、自宅に「檻の中のユダヤ人」がいることに興奮する（Leunens 65-66）。こうした描写が想起させるのは、スティーヴン・スピルバーグ（Steven Spielberg）監督の映画『シンドラーのリスト』（一九九三）における、プワシュフ強制収容所長アーモン・ゲートと、その使用人ヘレン・ヒルシュの関係である。ゲートが彼女に迫るシーンでは、ヒルシュの胸の線が薄い下着のような衣服の下に、はっきり浮き上がっている。ゲートは彼女に惹かれる気持ちを抑圧し、暴力というかたちで発散する。ヨハニスはエルサに暴力をふるうことはないが、最初にナイフを見せることで、自分たちが、支配／被支配の関係にあることを彼女に誇示している。

「子どもの視点」はこうして完全に退き、連合軍による空襲で負傷したあと、自らも家に閉じこもる羽目になった青年は、初めて身近に異性の存在を感じて、一方的な思慕の念を募らせるようになる。確かに彼とエルサの関係性には、『コレクター』の主人公クレッグと、彼に監禁されたミランダを思わせるものがある。

ジョン・ファウルズが一九六三年に発表した小説『コレクター』では、蝶の蒐集が趣味で内気な青年だった主人公クレッグが、密かに憧れていた女学生ミランダを誘拐し、郊外のコテージに監禁する。彼女には元より、G・Pとイニシャルで呼ぶ恋愛対象がいる。エルサにもユダヤ人の婚約者ネイサンがおり、主人公たちの気持ちが報われる可能性は最初から低い設定になっている。ドイツの敗戦によってエルサは本来自由の身になるはずだが、ヨハニスは彼女を独占するために外の情報を遮断し、ナチス・ドイツが勝利したと嘘をつく。この時点から、ヨハニスはエルサを匿うのではなく、監禁していることになり、『コレクター』の犯罪的状況に近づく。ちなみにクレッグも、ミランダをコテージに閉じこめた当初、本で読んだ「ゲシュタポ」のやり方を真似て、「新聞は絶対に見せるまい」と、彼女を外界の出来事から遠ざける（Fowles 43）。ただし、性的な側面において、ヨハニスとクレッグは大きく異なる。クレッグは決してミランダと男女の関係をもとうとしない。ミランダは彼にとって、生身の女性であるよりは、蝶の標本に近い存在であるからだ。そこで『ケイジング・スカイズ』の性的な側面については、ルイ・マル（Louis Malle）監督による映画『ルシアンの青春』（一九七四）の場合と比べてみたい。

『ルシアンの青春』の脚本は、ルイ・マルと、ナチス占領下のフランスを繰り返し小説に描いているパトリック・モディアノ（Patrick Modiano）が共同執筆したものである。その主人公ルシアンは、設定としてヨハニスとほぼ同年齢で、フランス南西部の村に暮らし、ささいなきっかけでゲシュタポの手下となって地域住民の逮捕に貢献する。彼がコラボ（対独協力者）になるのは、その権力と恰好よさに惹かれたのが主な理由で、時期は一九四四年、ノルマンディー上陸作戦後のことである。早くからナチスの洗脳教育を受けているヨハニスと違い、ルシアンがあまりに唐突に対独協力者となる点や、一七歳であっても遊びで小鳥を殺す幼稚な残酷さがあることで、最初から共感し難い人物となっている。一方、ルシアンが恋におちるユダヤ人女性フランスは、迫害を逃れ、田舎に隠れ住むためにパリからやってきた裕福な仕立て屋の娘だ。当時一九歳のオーロール・クレマン（Aurore Clément）が演じており、設定としてもルシアンより三歳年上である。美しく、ピアノが得意で洗練された彼女は、ルシアンと全く釣り合わない。しかし間もなく二人は肉体関係をもち、父親は娘がルシアンに惹かれはじめていることに驚愕する。「若い彼ら（ルシアンとフランス）にとって、歴史的な状況よりも、セックスの魅力のほうが、はるかに重要なのだ」（Ebert）という見解は、『ケイジング・スカイズ』におけるヨハニスとエルサのカップルにも当てはまる。戦争が終わり、ヨハニスは「我が国が勝利した」と嘘をつき、その後、間もなく二人は結ばれるが、ヨハニスが暴力的に関係を迫ったわけではなく、エルサのほうからも誘うようなそぶりがあり（Leunens 141）、最終的には彼の求愛を彼女が受け入れたかたちである（216-17）。ヨハニスとルシアンは、平時ならば簡単に交際がかなわないような女性を、ナチスの存在を後ろ盾とする優位な立場を利用して、自分の所有物のように遇したあとに関係を成立させる。年上の女性に憧れる純情な青年といった構図とは根本的に違う。

この二人の主人公には、さらにもう一つ、重要な共通項がある。それは、彼らの祖国が、いずれもナチス・ドイツに侵攻されながら、必ずしもその全面的な犠牲者とは言い切れないという点だ。『ケイジング・スカイズ』を『ルシアンの青春』に関連づけて考えることで、前者の政治性に焦点が当たり、物語の舞台がオーストリアに設定されている意義が鮮明になる。ここでは、両者のエンディングに特に注目して、『ケイジング・スカイズ』から明確な政治的メッセージが読み取れることを指摘したい。

『ルシアンの青春』のラストシーンは、作品全体の方向性を変えるようなインパクトをもっている。恋人のフランスと彼女の祖母を連れてナチスから逃れるルシアンは、村はずれの空き家に入りこみ、三人で牧歌的な生活を送る。しかし、突然画面にキャプションが入り、彼が終戦を待たずにレジスタンスのメンバーに逮捕され、対独協力を理由に処刑されたことが示されたあと、エンドロールに切り替わる。実はルイス・ブニュエル（Luis Buñuel）が、マルたちの脚本に対して「ルシアンが年を重ね、宿屋の主人としてうまくやっているという文言にしてはどうか」と提案していたが、そのアイデアは採用されなかった（Rubenstein 12）。その結果、物語の中で描かれた普通の人々による対独協力の問題は、そのシンボルとしてのルシアンがレジスタンスにあっさり断罪されることで、矮小化されてしまったのではないだろうか。仮にルシアンが罪を問われることなく生き延びるならば、この作品を、先行するドキュメンタリー映

画 *Sorrow and Pity*（1969）がそうであるように、「戦後フランスを支配してきた占領時代のイメージと神話に異議を唱える」もの[16]（Greene 65）として、もっと明確に位置づけることができるだろう。

翻って、ヨハニスの物語はどのような終わりを迎えるのであろう。最終章によれば、一九四九年半ばにエルサが姿を消したあと、ヨハニスは「文字の中に彼女を捕らえて、ずっと閉じこめておく」（Leunens 293）という目的で回想録を書きはじめ、読者はこの物語全体がその作品であることを示唆される。出来上がったものは「それ自体の命があって、僕らの記憶みたいに不完全で、欠落だらけだ」（294）とあるので、彼が「信用できない語り手」である可能性も排除できないが、この時点でヨハニスが天涯孤独の身になっていることを前提として、物語の結末について考えてみたい。

語りが一貫してヨハニスの視点に限定されているため、最後に忽然と彼の元を去るエルサが、どのような心境にあったかは不明である。失踪の直接のきっかけは、ヨハニスがエルサに新聞を読み聞かせる際、まるでニュースでも朗読するように、半ばふざけて真相を彼女に伝えたことだと考えられる。ただし、そのときのエルサは「悲しんで、とても心配そうな表情を浮かべて僕を長いあいだじっと見ていた。自分がどうなるのか、っていうより、むしろ今度は僕がどうなってしまうのだろうと考えてるみたいだった」（286）という様子で、激しい怒りはそこになく、悲しみとも哀れみともつかない、謎めいた反応を見せる。しかも、彼女からの発言は一切なく、あくまでヨハニスがエルサの顔色を見て、彼女が自分の身の上を気遣ってくれていると解釈しているにすぎない。ここに至るまで、祖母の死後ほぼ三年にわたり、極度に排他的な生活が続いたために、二人は不健全な、ゆがんだ男女関係に陥ってしまい、互いが相手を束縛する檻のような存在と化していた（292）。したがってエルサの失踪は、完全な孤独をヨハニスにもたらすと同時に、二人の閉塞状況を解消するものとして、ある意味で望ましい結末といえるかもしれない。そして、両親をナチスに殺され、戦災を免れるも生活費のために実家は人手に渡り、最後は恋人にも去られるというヨハニスの境遇は、彼が犯した過ちに対する当然の報いであるようにも思われる。

こうした結末は、突然の刑死を迎えたルシアンの場合と比べ、どう受け止めるべきだろうか。まず、ヨハニスの過失がいかなるものであるかを確認しておきたい。彼がヒトラー・ユーゲントのジュニア組織に入るのは一一歳のときで、自身も望んでいたとはいえ、強制加入だったので（Leunens 29）、本人の責任ではない。ヒトラーを心から信奉するのも、ナチスによる早期教育の影響によるものと考えることができる。ただし、その後ヨハニスは、痛恨の過ちを犯している。彼の母親は反政府活動により公開処刑されるが、それに先立ち、レジスタンス組織の人間と思しき人物が、母の留守中に警告の印である結び紐を彼に手渡す。しかし、それを母に伝えることなく廃棄してしまう（103）。当時のヨハニスは、権力を握ったユーゲントの一員として、弱者を蔑む気持ちが強く、みすぼらしい様子をした使者が持参したものを握りつぶすことに、何のためらいもない。その直後にエルサがいつもの場所にいないことに気づいて動揺し、完全にこの件を忘れてしまう。彼が自らの過ちに気づくのは、戦後になってからだ（131）。母の非業の死について、彼は咎なしとは言えないのである。また、絞首刑にされた母の姿を目にしたとき、ヨハニスの語りは「子どもの視点」を取り戻したかのようだ。並んで下がる数体の亡骸を操り人形にたとえ「なかの一人が母さんだった。別の男とひらひら踊ってた」と記している（125）。彼は半狂乱で遺体の引き取りを申し出るがかなわず、帰宅したあとは「母さんのことを話せば、母さんをこの哀れな世界に引き下ろすことになる」（125）として、母親に言及するのを控えるようになる。その一方で、ナチスの非道なやり方について全く不満を述べないばかりか、疑問を呈することもない。

彼の不自然な沈黙は、戦後も続く。ヒトラー・ユーゲント加入以後、両親よりも慕っていた総統自殺のニュースを知ると「あんなにも崇高な人が理想とかけ離れたふるまいをするなんて信じる気になれなかった」（158）。この手短かなコメントから、ヒトラーに対する敬意が完全に失われていないことがわかる。ヨハニスはその後、元ユーゲント隊員ということで、進駐軍に犠牲者の遺体でいっぱいになった貨車を見学させられる（160）。痛ましさを強調するためか、描写が写実的というよりは、グロテスクで、そこに犠牲者に対する敬意はなく、「地獄を垣間見たような、あるいは、死体の饗宴（orgy）だったような」と語り、ショックを受けながらも、自らが加害者側に連なる身であったという認識は感知できない。表現はやや冒涜的ですらある。貨車の衝撃的な場面と、その後にみた悪夢の描写の次はすぐに新しい章に移り、エルサに従来より少し自由な暮らしを許したことを明らかにする。ヨハニスの関心は、あくまでエルサとの関係の維持に集中している。

こうした主人公の加害者意識の欠如は、戦後オーストリアで長く支配的であった「オーストリア犠牲者論」を連想させる。一九四三年に連合国のあいだで合意に至った「モスクワ宣言」では、オーストリアが、ヒトラーの侵攻によって犠牲となった最初の国であり、アンシュルスは無効であるとされた。さらに、五五年の独立にあたり、連合国とのあいだに結ばれた条約においては、オーストリアがナチス・ドイツの側で第二次世界大戦に参加したことが言及されていないという。犠牲者神話の終焉は、八六年のワルトハイム事件まで待たねばならない[17]（松岡 四八）。この歴史的状況に沿うように、ヨハニスは戦後間もなく、次のようにオーストリア国民の変節の早さを揶揄している。

そういえば、僕らの国は再びオーストリアになった。（中略）大抵のオーストリア人はそのとき〔河野註：モスクワ宣言発出時〕シャツを替えて、白く染めたシャツに着替えたがった。オーストリアが、もろ手をあげてドイツとの併合を歓迎したんじゃなくて、いやいや侵攻されたみたいにふるまってた。今日に至るまで、ドイツが戦争犯罪者なんだ。でも本当は、僕らは野獣の後ろ足みたいなもので、そいつの牙にかかった白いウサギのほうじゃなかった。こんなジョークも流行ってた。「なぜオーストリアはこれほど強いんだ？」「ベートーベンがオーストリア人で、ヒトラーはドイツ人だって、世界に信じさせたからさ」（Leunens 147）

この「野獣の後ろ足」の比喩は、祖国が加害者側であったとしても、「野獣」である主犯格ナチス・ドイツの、追従者にすぎなかったと強調するものであり、全体の諧謔的な口調からも苦悩は感じられない。そして、本作品が背景とする四〇年代後半のウィーンで、青年が自国の戦争責任を真摯に問うことなく、大量虐殺の犠牲者の遺体を目の当たりにしても、自身の問題として捉えないのは至極当然なことで、単に、周囲の空気を反映しているだけだということもできる。これは『ジョジョ・ラビット』のようにドイツを舞台に選んでいれば、描くことができなかった部分である。つまり『ケイジング・スカイズ』は、『ルシアンの青春』同様、主人公の姿勢や瑕疵、逸脱した行動を通し、ナチス政権と実は共謀関係にあった祖国や、正義よりも権力に従い、ときにそれを濫用することを選んだ、ごく普通の市民の姿を描いた作品にもなっているのだ。

『カイエ・デュ・シネマ』における対談で『ルシアンの青春』を取り上げたミシェル・フーコー（Michel Foucault）は、「ナチスは人々に何か物を与えるということはなかった。権力以外の何かを与えることは決してなかった」と述べている。[18]『ケイジング・スカイズ』の後半は、その「権力」がナチスの崩壊と共に消えたあとに起きることを物語っている。いわば、ルシアンのその後を描いているのだ。ナチスは、ヒトラー・ユーゲントという青年組織をつくって権力を若年層にまで分け与えた。ヨハニスはその活動に邁進して両親や恩師を軽視、嘘をついてユダヤ人女性を束縛して恋人にする。その間に、自身の左手、教育を受ける機会、家族と資産、恋人、これらすべてを失ってしまう。最終的には「僕は誓える。今なら彼女ともっと深い関係を結んで、ぴりっと香るオレンジみたいな太陽の下、新しい家でもっといい暮らしができると。そしてピンクのトレイラーを買って、橋から橋へ、島から島へと渡っていくんだ」（294）という、幼稚で、退行的な妄想の中に一人残される。この妄想は色彩感にあふれて一見明るいが、あとで検討する『ジョジョ・ラビット』のエンディングはもちろん、映画と比べて原作により忠実といえる『囲われた空』の終わり方と比べても、空虚で救いがない。読者はこの結末によって、共感を寄せる対象を完全に見失う。最後に刑死するルシアンに同情することはあり得るが、ヨハニスに対してはどうか。彼は戦争を生き延び、一人のユダヤ人女性の命を結果的に救ったとはいえ、自らのエゴと未熟な愛情のために、彼女のその後の人生を破滅させた可能性も否めない。

『ジョジョ・ラビット』を先に鑑賞して楽しみ、その原作としてこの小説を読んだ場合、読者は自分が作品に寄せていた期待や、これを読もうと手に取った動機を問い直すといった状況に陥るだろう。あるいは、初めに言及した「頓挫した成長小説」といった評にしても、ヒトラー・ユーゲントの青年の物語が「成長小説」である必要は元よりなく、主人公らの人生が頓挫していることで、本作はこのジャンルの巧みなパロディになっているといえる。

「成長小説」とホロコースト文学との関連については、アルヴィン・H・ローゼンフェルド（Alvin H. Rosenfeld）がローレンス・ランガー（Lawrence Langer）を援用し、「成長小説」がホロコースト文学の「直系の先行ジャンル」であるとしたうえで、プリモ・レーヴィ（Primo Levi）やエリ・ヴィーゼル（Elie Wiesel）らによるホロコースト記が、「成長小説」の型を模倣し、パロディとなりながら、最終的には拒絶、反駁していると述べている。この二人の生還者が、強制収容所に収監されたことで、通常とは逆に、生から死に向かって進む過程を作品化しているからだ（Rosenfeld 29）。『ケイジング・スカイズ』の場合、主人公はヒトラー・ユーゲントの一員として、ナチス・ドイツで求められる理想的な青年を目指すが、けがと、ユダヤ人女性への強い思慕というアクシデントで挫折する。さらに両親の死を経て、祖母とエルサを抱え、一家の生計と介護を担って一応の人生経験を積むが、その艱難辛苦が主人公の人生を損なうだけで、内的成長につながることがない。『ルシアンの青春』のように唐突で暴力的な幕切れを迎えることはないが、緩慢なかたちで、主人公の生は煉獄の中に置き去りにされてしまったかのようだ。この作品は、ホロコーストを背景にして「成長小説」を書くことの難しさを、あらためて証明するものだといえるだろう。ナチス政権下の青春を描くにあたり、苦難の克服を安易に描いていないところにこそ、『ケイジング・スカイズ』の真価がある。

次項では、この作品を元に制作された戯曲『囲われた空』を取り上げ、原作からどのような要素が抽出されて、『ジョジョ・ラビット』とはまた別の、メッセージ性にあふれた作品が誕生したかを明らかにする。

2 『囲われた空』――選択と集中

この芝居の魅力は、デジレがモダニスト的、実存主義的な戯曲の様式を用いているところにあると僕は思う。そこで構築された〝現実〟は家の外の現実とはほぼ無関係だ。時は一九四四年であるかもしれないが、屋内のみで見られる登場人物たちは、ハロルド・ピンター（Harold Pinter）的なリンボーの中に存在する。(19)

『囲われた空』を手掛けた演出家アンドルー・フォスターは、上演に際しこのように語っているが、彼の言葉は本作の重要な一面をよく言い当てている。原作の場合、後半では家を引っ越しているうえに、ウィーンの街にヨハニスが出ていく場面も描かれているため、そのすべてを網羅することは困難である。したがって、脚本家が最も重視する場所、すなわち、ヨハニスの実家の内部だけに場面が限定されている。外部から切り離されたような空間演出は、登場人物が置かれた閉塞状況を象徴している。さらにこの部屋の中にエルサが隠れる狭小空間があり、入れ子式の構造になっている。

本作がカバーする時期については、一九四四年から終戦直後までとなっており、原作後半の大部分が割愛されている。これは、時間の制約がかかる演劇というメディアの特性に合わせたというより、脚本家が特に前景化したいテーマに即して、結末に大きな変更を加えたからである。『囲われた空』で行なわれた原作の改変によって、物語の主題が強力なかたちで一つに収斂していることを確かめたい。

本作冒頭には「子どもたちが無邪気にイデオロギーの嘘を信じ、親が我が子を恐れ、嘘が一人歩きを始めると、一体何が起きるのか」、「政治と個人という二つのレベルにおける嘘の問題を深く掘り下げる作品で、人の心の最も暗い部分をむき出しにする」といった脚本家の前書きが付され、読者や演劇関係者に向けてテーマが明示される。加えて同ページには、ヒトラーの言葉とされる引用文が二つあり、なかでも「嘘をつくときは、大きな嘘を、シンプルに。何度も繰り返せば、終いに人は信じるようになるだろう」という文言は、原作『ケイジング・スカイズ』に付された嘘にまつわる前書きに対応するものだと考えられる。原作の前書きは、主人公が回想録に添えたものとして読めるが、筆者であるヨハニスの関心が、もっぱら自分のついた「嘘」とそれが彼の人生にもたらした影響に集中していることを示している。そこに明白な政治色は見られない。こうした、あくまで内向きの傾向を受けて、脚本家は、より明確なかたちで、部屋の外に広がるナチス政権下のドイツ・オーストリア社会が視野に収められていることを示している。舞台のデザインは演出家が指摘するようにモダニスト的で、時代を超える象徴性を帯びているとしても、『囲われた空』の直接の背景にはナチス・ドイツによる極端な人種差別主義と恐怖政治がある。ウィーン市内の平凡な住宅の一室でヨハニスがついた「ナチス・ドイツが戦争に勝利した」という嘘は、エルサを自分のそばに留めおきたいという、シンプルで幼稚な恋愛感情による個人的なものであるが、その実効性はユダヤ人絶滅を図っていたナチスの存在を前提としている。[20] そして、戦後の、より個人的でエキセントリックなエピソードが続く原作と異なり、『囲われた空』の場合は、ナチス政権崩壊とほぼ前後してヨハニスの嘘がエルサに露見し、物語は結末へと向かう。政治的な嘘と個人的な嘘が破綻する時期が完全に一致している。原作者が創作の原点において意識していた「集合的なスケールと、個人的なスケール」という構造は、脚本家によって「政治と個人という二つのレベル」として捉えられ、より鮮明なかたちで物語全体を貫いている。

時間の設定については、原作が自伝ふうに生い立ちの説明から始まっているのに対し、『囲われた空』の場合、演劇が観客の関心を強く引くために「しばしば唐突に、何等かのアクションの途中から始まる」(Richardson 146)という定石通り、主人公がいきなり悪夢から覚める場面で幕を開ける。そのため、アンシュルス以前の、無邪気で、健康的なヨハニスが実際に舞台に登場することがない。すでに左腕を負傷し、顔の左半分は包帯で覆われている。序盤では歩行がより困難であることも冒頭で指定されており、物語は、主人公が戦争によってすでに大きな喪失を被ったところから始まる。「演劇のようなナラティヴは、演じられた〝四次元〟を含み、そこでは俳優の身体が、演じる登場人物の状況を変える」(143)とされるが、こうした俳優の外見も重要な役割を果たすと考えられる。原作のテクストで主人公の身体の不具合が常に意識されることはないが、舞台では状況が異なり、役者の身体表現によって、ヨハニスもまた戦争の犠牲者の一人であることがより継続的に示される。

登場人物については、ヨハニス（一七歳）、エルサ（二〇代半ば）、ヨハニスの母ロスヴィタ（四〇代）、祖母（七〇代）の四人に限定されており、原作においても不在がちである父親は、ヨハニスらの会話の中で言及されるのみである。ここではまず、祖母とエルサについて、原作がどのように改変されているかを明らかにする。

祖母は『ジョジョ・ラビット』において一度も登場しないが、『ケイジング・スカイズ』と『囲われた空』では、非常に重要な役割を担っている。高齢のため間もなく介護を必要とする身になるが、ヨハニスにとっては最後に残された家族となり、不完全ながら庇護者でもある。ドイツ少国民団に加入した息子に批判的な両親に代わり、唯一の理解者となるが、それは、孫に対する無条件の愛情のみでなく、ナチス・ドイツに対する違和感、嫌悪感の希薄さにも由来すると考えられる。つまり祖母は、アンシュルスを熱狂的に受け入れたウィーン市民、あるいはオーストリア国民のありようを体現する人物として描かれている。そして『囲われた空』においては、体制への順応性や、国粋主義的な面が、原作より、いっそう強い人物として登場する。ヨハニスの母（自分にとっては娘）がナチスの手によって処刑されたことを知っても、ヨハニスと一緒にそれをただ悲しみと共に受け入れ、体制批判に向かうことは一切ない（第一八場）。ここまでは原作と一致している。しかし、このような悲劇のあとにもかかわらず、アンシュルス成立当時のパレード見物で、腰を痛めた自分を運んだ若い兵士を「制服着て、本当に恰好よかったねえ。自分がカエサルに差し出されるクレオパトラになった気分だったよ！」と当時を懐かしみ、「ウィーンが再び偉大な帝国の栄ある都になるって、高い望みをもっていた！」と語る（第一九場）。ト書きを確認しても、この時点で七年前を振り返る祖母の口調に痛恨の思い、あるいは自嘲が加味されてはいない。演出家による演出に大きく左右される部分ではあるが、原作では、兵士に担架で運ばれたエピソードを、物語の初期の段階で、祖母の回想というかたちではなく、ヨハニスが目撃した出来事として再現している。クレオパトラ云々の比喩もヨハニスが言ったものだ（Leunens 19-20）。したがって『囲われた空』においてはいっそう、祖母の体制への順応性が強調されているといえる。さらに、「あたしたちは戦争に負けるだけじゃない。すべてを失いかけてるんだ……規律、美しさ、道徳、それを守るために戦ってきたんだけどね」（第一九場）という祖母の発言にも、この期に及んで、自国が正しい戦争に従事してきたという考えが見え隠れする。これも原作では、敗戦の予感と、周囲の風紀の乱れを察知したヨハニスの心情として記されている（Leunens 79）。つまり、『囲われた空』における祖母は、『ケイジング・スカイズ』に描かれている、ナチズムに洗脳されたヨハニスの政治的な部分を、肩代わりするキャラクターでもあるのだ。その結果、舞台終盤では特に、ヨハニスの偏向性が弱められ、報われない恋愛に悩む思春期の青年という側面が強調される。

次に、『囲われた空』において最も大きな変容を遂げる人物、エルサについて検討する。脚本冒頭では、年齢以外に、髪の色についても指定があり、四人の中でエルサだけがブルネットで、あとはブロンドとなっている。これは原作のエルサの髪が「黒くて多い」（Leunens 69）という描写に基づくと思われるが、観客から見ると、それが「人種」の違いを際立たせる効果をもった可能性もある。『囲われた空』におけるエルサは、原作の後半に特に顕著になる強烈なエゴや旺盛な食欲の持ち主である女性とは全くの別人である。体型も変化しない。非ユダヤ人に支援されているという状況設定、一途で本来は明るいという性格は、アンネ・フランクを彷彿させる。エルサを無垢な少女のように描くことで、やがて成立するヨハニスとの疑似恋愛関係も、性的な要素を含みながら、観客の共感をある程度得られるものになる。

一九五九年に初めて『アンネの日記』（一九四七）が映画化されたとき、「彼女の考え方や行動の中で、物議を醸す刺激的な部分は和らげられ、アンネは、気分屋な面もある思春期の少女というより、無垢な子どもとして描かれた」。その目的は、アンネを普遍的な希望の象徴とするためであったという（Torchin 101）。これに類する調整が『囲われた空』のエルサについても行なわれているといえるだろう。エルサの容姿や人となりを、無垢で好ましいままに維持することで、原作とは全く異なる結末につなげていることを明らかにしたい。

原作では、戦後、エルサに対する罪悪感と、ほんの少しでもかつての（気立てのよい）彼女を取り戻したいという動機から、ヨハニスが菓子類を日々プレゼントした結果、過食により「エルサの美しさは失われ、僕は自信がもてるようになった」（Leunens 243）。顔に大きな傷があるヨハニスにとって、本来のエルサは美しすぎたのである。しかし、そうした容姿の変化と前後して、エルサの自己主張は烈しさを増し、ヨハニスとの上下関係が逆転する。性的にもときに貪欲な部分が見られ、「志高く、無垢で、楽観的、人間味にあふれ、親切で美しい、そして性的ではない」（Fuchs 97）というユダヤ人ヒロインのステレオタイプとは、完全に異なる人物に変貌していく。やがてエルサはある事件を起こし、「妻が彼女みたいな狂人だと、どういうことになるかわかるでしょう」と、ヨハニスは同じ建物に住む住民の前ですすり泣く(Leunens 276)。彼女はヨハニスの嘘と独占欲によって軟禁生活を余儀なくされた挙句、狂気の様相を呈し、このあと間もなく失踪する。その行方については、ヨハニスだけでなく、読者にも、全く手がかりは与えられない。この顚末により、ヨハニスの犯した過ちは決定的なものとなり、彼がエルサに赦される機会は失われる。

一方『囲われた空』では、エルサは戦後間もなくヨハニスの嘘を見抜いたと思われる。最終場面で明らかになるように、アメリカの兄からヨハニスの両親に宛てた手紙をエルサが偶然入手するからだ。この手紙に関するエピソードは、新たに付け加えられたものである。原作では、エルサの兄二人は「アメリカで中古車販売をする」という夢をもち(Leunens 73)、ヨハニスの母は「あの子はアメリカの兄さんたちの所に向かってるの」と告げるが、この発言は彼にエルサをあきらめさせるための嘘にすぎない(110)。ヨハニスが戦後に調べた際、両親とフィアンセについては死亡が判明するが、兄二人の死亡記録を見つけることはできない。しかし彼らが無事渡米しているかどうかは、実は不確かなままである。しかし、『囲われた空』では、この兄からの手紙を重要な小道具として使用し、エルサが最後にブラウスの胸元にそれを入れる所作もト書きに記されている。手紙の存在が二人の生存を証しており、エルサもアメリカに向かうことが、セリフを介さなくても観客にしっかり伝わるようになっている。不透明さやあいまいさは避けられ、エルサの未来は、確かな希望に満ちたものだと明示される。

なお、想定されるエルサの行先がアメリカであるという点は、『ライフ・イズ・ビューティフル』（一九九七）と『聖なる嘘つき』（一九九九）という二編のホロコースト映画のラストシーンを想起させる。前者ではアメリカの戦車が、後者ではアメリカのジャズバンドの演奏のイメージがホロコーストの終結を象徴する。サンダー・ギルマン（Sander Gilman）も指摘するように、いずれの作品も、「主人公に守られていた無垢なユダヤ人の子どもが無事に生き延びる」というプロットになっており（Gilman 307）、守護者の死という悲劇のあとに、一種のハッピーエンドと言える終わり方をする。『囲われた空』の場合も、当初エルサを匿ったヨハニスの両親は亡くなっているが、彼女のアメリカ行きが示唆されることで、これらの映画の語りと通じる要素をもつといえるだろう。他の二つのバージョンとは、この点でも異なっている。

さらに、エルサの兄からの手紙は、小道具として、もう一つ重要な役割を果たしている。エルサは、封筒の中から手紙を抜いたあと、その封筒を安らかに眠るヨハニスの元に残すことによって、自分の行先をきちんと彼に伝えているのだ。それは、彼の一途な思いに対する、彼女なりの誠実な対応であるだけでなく、ヨハニスの嘘を赦す気持ち、さらに感謝をも表すのではないだろうか。結果として、彼がエルサを自宅で匿い続けたことで、彼女は無事ナチスの迫害から逃れて生き延び、残された家族の元に新たに旅立つことができる。目覚めてエルサの出立を知るヨハニスを、深い悲しみがおそうであろうが、それは彼の犯した罪に対する一種のふさわしい罰で、観客の共感と同情は維持されるであろう。なお原作において、レジスタンスが用いる警告メッセージと思しき結んだ紐を、ヨハニスが母にすぐ見せなかったことで、彼女の処刑に結びついた可能性が示唆されているが（Leunens 131）、『囲われた空』では、原作よりも早い時期に、母が自ら紐を見つけることになっている（第一六場）。紐の小道具は、主人公の落ち度ではなく、サスペンスを盛り上げる効果を出すためだけに利用されている。したがって、この点でも彼の罪は軽減されている。

脚本家によるこうした細やかな改変により、『囲われた空』のヨハニスは、取り返しのつかない過ちを犯した青年として描かれていない。加えて、彼が原作の最後で思い描く退行的な妄想とは異なり、『囲われた空』のエンディングが読者や観客に伝えるメッセージは、明快でポジティヴなものである。最終的にエルサの命が救われ、希望に満ちた旅立ちを迎えることで、ヨハニスの罪は贖われる。つまり、ナチス・ドイツの嘘と暴虐により損なわれ、破滅するかに見えた若い二人の人生が、一応の回復を見せ、宥和と赦しによって新たなステージに向かうという結末になっているのである。

脚本家のデジレ・ゲーゼンツヴィは、『ケイジング・スカイズ』を原作者から直接手渡されたとき、「たちまち引きこまれた」と語っている。[21] 物語そのものがもつ魅力に加え、ホロコーストの時代を背景にした作品は、彼女にとって特別な意味をもつからだと訳者は考える。ゲーゼンツヴィの父、ヴォルフ・ステレンタルは、イズマイル生まれのユダヤ人で、戦時中ナチスに逮捕連行され、ベルゲン・ベルゼン強制収容所に収監されて終戦を迎えた。[22] この収容所が解放された当時の映像には、放置されていた夥しい数の遺体をブルドーザーで集合墓地に投下する映像も含まれる。ベルゲン・ベルゼンにガス室や拷問の設備はないが、アウシュヴィッツから移動した囚人が収容されたあとには、特に劣悪な環境にあったとされている（Haggith 33-45）。ステレンタルはそのような場所から生還したのである。

二〇二〇年一一月二〇日、訳者からの問い合わせに対し、初めてゲーゼンツヴィから届いたメールには、次のように記されていた。彼女が作成したステレンタルを記念する動画を訳者が視聴したことを伝えていたので、それに対する応答の部分である。

多くの生存者がそうであるように、父も苦しい気持ちがさまざま入り混じったものを経験し、私たち家族にあの暗い時代のことを伝えようと思ってはいませんでした（結局さまざまなかたちで私たちに伝わったのですが）。父には、生き延びたことに対する罪悪感があり、自分の言うことを信じてもらえないかもしれない、興味をもってもらえないかもしれないという思いもありました。だからできる限り、自分の人生とうまく折り合いをつけていこうとしたのです。父は特別で、愛すべき人でした。

ステレンタルは努めて苦難の記憶を家族に直接語ることを避けたが、「結局さまざまなかたちで私たちに伝わった」とゲーゼンツヴィが述べていることに、重要な意味がある。

ホロコースト生還者を親にもつエヴァ・ホフマン（Eva Hoffman）は、自分と同じ立場にある人々を「第二世代」と呼び[23]、親から「第二世代」に記憶が伝わるプロセスについて、次のように述べている。

私たちにわかっているのは、有形無形に人間関係の中で影響を及ぼし合うことができるということ、精神のコミュニケーションは可能で、理論的な説明がなくても無意識のレベルで、あるいは意識とはまったく異なったレベルで、或る精神状態は他の人間に感染しうるということだ。（中略）親たちは、地下水脈のような回路を通して子どもたちに信号を送り、それは言い知れぬ不安を次世代に注ぎ込んでしまう。あるいは時ならぬ時限爆弾が爆発するかのように、精神の中に移植されたずっと後になって噴出することがある（ホフマン 六八）。

生還者の体験や自身の記憶に対する姿勢は、人によって千差万別であり、「言い知れぬ不安」あるいは、名状しがたい何かが伝わっている可能性は極めて高い。「現存する膨大な調査研究の大半が、生還者の子孫は、意識下、無意識下いずれの場合も含め、ホロコーストによる損失と苦難を伝えられて痛手を被ってきた」という報告もある（Jacobs 148）。こうして受け継がれた親世代の記憶が次世代によって表出するかたちは多岐にわたり、「ホロコースト記念日の設定と遵守、追悼式典、次世代による証言やメモワールの執筆、グループの結成、教育実践、映像やアート・文学作品の創作」といった事例が挙がっている。(24)これらはいずれも文化記憶の構築に寄与するもので、この『囲われた空』もその一つとみなし得るであろう。

では、具体的に、本作品のどこが、第二世代としての脚本家の出自を反映しているといえるのか。それは、原作や、映画『ジョジョ・ラビット』との比較対照により明らかになるであろう。これら三つの作品の制作者と、ホロコースト記憶との距離の違いが、それぞれの創作活動に影響を及ぼしていると考えられるからだ。こうした観点による比較は、『日の名残り』（一九八九）のアダプテーションを論ずる際に秦邦生が行なっている。その論考では、ユダヤ人召使の解雇のエピソードを取り出して、カズオ・イシグロの原作、ハロルド・ピンターと、自身もユダヤ人難民であるルース・プラワー・ジャブヴァーラ（Ruth Prawer Jhabvala）による二つの脚本が比べられている。同じユダヤ人であっても、ピンターとジャブヴァーラでは、ナチス・ドイツから逃れた難民であるか否か、という差異がある。それを忠実になぞるように、まずピンターにより、二人の使用人がナチス・ドイツからの難民であることが明示され、さらにジャブヴァーラが、二人の解雇にまつわる改変を「いっそう強固に物語に組み込んでいる」（秦二一五）。その結果、カズオ・イシグロが原作を出版した当時には容易に知り得なかった史実を加味した作品が生み出されたという。翻って、『ケイジング・スカイズ』から『囲われた空』、『ジョジョ・ラビット』へとメディア化が進むにつれて、特に、ホロコーストの記憶に焦点を当てる場合、どのような差異が前景化し、それが制作者の出自とどう関連づけられるのだろうか。次項で『ジョジョ・ラビット』で行なわれた大幅な改変を検討したあと、この『囲われた空』の特異性にあらためて言及したい。

3　『ジョジョ・ラビット』――解毒とエンタメ化

「今、『ジョジョ・ラビット』を観てきたところだ。すばらしくて、心に訴える、美しい映画だった。タイカ、どこにいるんだい？　よくやったね。芝居もうまかったよ。〔両方こなすのは〕難しいことなんだがね！」

メル・ブルックス（Mel Brooks）は、アメリカ映画協会賞（AFI Awards）授賞式の会場で『ジョジョ・ラビット』をこのように絶賛したという（Sarkisian）。ブルックスは一九六八年公開の『プロデューサーズ』に、「ヒトラーの春」というミュージカルを挿入し、コミカルなヒトラーを登場させた。それは、ホロコーストの内実が明らかになったあとに、ハリウッドで初めて誕生したヒトラーのカリカチュアである。ブルックスはこの作品でアカデミー脚本賞を受賞した。彼と同じく、スタンダップコメディや俳優としてのキャリアを併せもつワイティティ監督にとって（Bannister 12）、ブルックスからの誉め言葉にまさるものはなかったであろう。

高評価はこれに留まらない。『ジョジョ・ラビット』は先述の通り二〇二〇年のアカデミー脚色賞を受賞し、加えてオスカーの五部門でノミネートされている。それ以外のさまざまな映画賞を含めると、ノミネート総数が一九三、受賞が四九という驚異的な数字を叩き出した。その一方で、欧米の有力紙の映画評では、「問題の暗い核心に切りこめていない」（Reed）、「（「ヒトラーの春」とは真逆で）反ナチス映画を謳い、大ヒットをねらって制作されたが、最高につまらないコメディになっている」（Brody）、「作品で描かれる残酷な現実を扱うような感情的な深みが脚本に欠けている」（Sims）といった、厳しい批判も散見される。アメリカの映画・テレビ評価サイト、「ロトン・トマト」（Rotten Tomatoes）においても、観客の評価九四％に対し、著名批評家の値は六一％に留まっている。[25]

四〇〇以上ものホロコースト映画（テレビ用に制作されたものを含む）を鑑賞し、作品の教育利用を視野に入れて分析を重ねたリチャード・ブラウンシュテイン（Richard Brownstein）によると、近年このジャンルにおいては、信憑性やリアリティを重視し、観客に迎合する新奇性のある設定は排除される傾向が強くなっているという（Brownstein 276）。したがって『ジョジョ・ラビット』は極めて例外的な作品にあたり、ブラウンシュテインは「事実を捻じ曲げたプロット展開で、ホロコーストを愚弄している」という辛辣なコメントを添えている(26)。また、『エルサレムポスト』紙で長年映画批評を書いてきたハナ・ブラウン（Hannah Brown）は「気分がよくなるホロコースト映画」（"Feel-good" Holocaust Movies）というカテゴリーを提起し、『ジョジョ・ラビット』をその一つに数えている。ブラウンによれば、このジャンルはロベルト・ベニーニ（Roberto Benigni）による『ライフ・イズ・ビューティフル』を先駆けとしており、物語が陰鬱になりすぎないように、信憑性や史実との整合性がないがしろにされているという(26)。

ブラウンの定義する「気分のよくなるホロコースト映画」にはコメディ以外の作品も含まれるが、スラヴォイ・ジジェク（Slavoj Žižek）は同じく『ライフ・イズ・ビューティフル』に着目し、このようなコメディがつくられるようになった背景には、ホロコースト悲劇の失敗があると述べている。ジジェクはスピルバーグの『シンドラーのリスト』を例にとり、収容所長アーモン・ゲートがユダヤ人ヘレン・ヒルシュを虐待するシーンの虚構性を指摘する。ゲートが、ユダヤ人への差別意識と、ヒルシュに対する性的な欲望のあいだで葛藤するという演出を施すことは、ナチを人間味ある存在として表すという誤謬を犯すことになる。こうしたホロコースト悲劇において、ヒトラーを含むナチの心理の深みを描くことは本来不可能であるため、最初からその企てを放棄するコメディが制作されるようになったという（Žižek 27）。この知見を受け入れるならば、『ライフ・イズ・ビューティフル』や『ジョジョ・ラビット』を、ホロコーストの実相を描いていないという理由だけで批判することにはあまり意味がないだろう。むしろ、これら二つの作品が観客に与えるネガティヴな影響は、比較的小さいのかもしれない。特に『シンドラーのリスト』は、あくまで小説に基づいた映画でありながら、実在の人物を描き、ラストシーンでは実際の生存者を登場させるという演出が施されている。その一方で、随所に監督がこしらえたディテイルがちりばめられているが、作品の強いリアリティとすぐれた物語性に捉えられた観客が、それら一つひとつを検証する可能性は低いだろう。[27] 映画を観終えた観客の記憶に、史実と見紛う虚構がいつの間にか入りこみ、それが歴史記憶の一部に組みこまれていくとすれば、作品の視聴者数が膨大であるだけに、事態は深刻である。

では、前述のように、ホロコーストの実相を描けないという前提があるコメディの場合、ホロコーストに関する歴史記憶の構築にどのようなかたちで貢献し得るのだろうか。プロットが「事実を捻じ曲げている」と批判される『ジョジョ・ラビット』を、ホロコースト・コメディの一つとみなしたうえで、この問題を検討してみたい。手がかりは、この映画が原作『ケイジング・スカイズ』から翻案された過程に見出すことができる。実際に二つの作品を比較対照すると、両者の共通点は意外に少ない。そして、変容の跡をたどって見えてくるのは、継承されるべきホロコーストの記憶の物語ではなく、それを一種の娯楽として消費しようとする観客の姿勢である。ちょうど『プロデューサーズ』で「ヒトラーの春」を観に来た観客が、出だしこそ不快感をあらわにするものの、やがて大笑いして席に留まるところが映し出されるように、『ジョジョ・ラビット』を観て楽しむ観客の姿が透けて見える。この映画が仮に「風刺」であるとするなら、そこで揶揄されているのは、人種間で生じるヘイト感情ではない。ヒトラーやファシズムでさえなく、それらの存在を、すでに安全で援用可能な物語のモチーフとして捉えてしまう、現代の我々自身なのである。

ここからは具体的に、『ジョジョ・ラビット』がどのような作品であるのかを検討していこう。まず、鑑賞以前の段階で、ワイティティ作品に対するコメディへの期待が高まっている。彼の映画監督としてのキャリアにおいて、『ジョジョ・ラビット』の一つ前に公開された長編映画は『マイティ・ソー：バトルロイヤル』(二〇一七)であり、彼はこれに同シリーズの先行作品より、さらにコミカルな味つけをしている。『マイティ・ソー』以前、ワイティティ監督は地元のニュージーランドを舞台にする作品を主に手掛けていたが、マーベル映画を制作することで観客層を飛躍的に広げ、その次回作となれば、当然期待されるのは深刻なホロコースト悲劇ではない。しかも本作品には、マーベル・ユニバースの主要キャラクターの一人、ブラック・ウィドウを演じるスカーレット・ヨハンソン(Scarlett Johansson)が、主人公の母親という重要な役どころで登場する。監督の業績とキャスティングにより、『ジョジョ・ラビット』の観客層はマーベル映画のそれにかなり近づいたのではないだろうか。リック・アルトマン(Rick Altman)も言うように、観客は、あるジャンルの映画を選んだときから、特別なルールに従い、現実社会とは異なる特殊なコミュニティに加わることに同意する(Altman 158)。マーベル映画を「ジャンル」とは呼べないものの、『ジョジョ・ラビット』を観ようと決めた観客にとって、その時代設定がいつであろうとも、史実よりプロットの面白さ、リアリズムより奇想天外なファンタジーが優先されるのではないだろうか。

『マイティ・ソー』と同じくマーベル・コミックスからうまれた『X-MEN』のシリーズでは、その第一作冒頭において、敵キャラクターのマグニートーがサイキックパワーにより強制収容所の門を破壊するというシーンがあり、ホロコーストの史実を利用したダーク・ファンタジーが出来上がっている。史実とフィクションの境界は軽々と越えられており、ナチスのモチーフとマーベル作品の親和性が見て取れる。『ジョジョ・ラビット』の場合も、原作『ケイジング・スカイズ』は、ナチス政権下で多大な犠牲を払うことになったオーストリア青年の物語で、フィクションとはいえ、綿密な資料研究の末に生まれた作品であるが、ワイティティ監督の手によってコメディ要素も併せもつ一種のファンタジーに生まれ変わったとみなすこともできる。

『ジョジョ・ラビット』というタイトルに関しては、原作の『ケイジング・スカイズ』のように、抽象的で多様な解釈が可能なものは避けられ、主人公の、有難くないニックネームがそのまま使用されている。原作小説で、ヨハニスが「ジョジョ・ラビット」と呼ばれることは実は一度もない。母親と祖母がそれぞれ一度ずつ、「ジョー」と呼びかけているだけで、しかも母親がそう呼ぶのは、ヨハニスがまだ四歳のころのことである（Leunens 11）。タイトルのユーモラスで他愛ない語感は、子ども向きのアニメを連想させるうえに、仮に作品の中で何らかの風刺が提示されているとしても、限りなく無害なものであろうと思わせる。

オープニングシーンでは、主人公が鏡に向かって自己紹介の練習をしているように見えるが、ここで一〇歳という年齢をはっきり口にして、以後の物語が幼い少年の視点から描かれたものであること、突然カメラ前を横切るヒトラーらしい人物も、一〇歳の少年の空想の産物にすぎないという前提が示される。

かつて『プロデューサーズ』において「ヒトラーの春」は劇中劇であり、デヴィッド・ヴェンド（David Wnendt）監督の『帰ってきたヒトラー』（二〇一五）においては、総統が現代にタイムスリップしたという筋書きになっているように、コミカルなヒトラーを描く場合には、最初に一定の枠組みを設けることが有効な常套手段になっている。[28]『ジョジョ・ラビット』の場合、ヒトラーを少年のイマジナリーフレンドにするという設定がその枠組みの役割を果たしている。原作では、視覚的な要素として、主人公がもつ総統のポスターへの言及がある（Leunens 37）のみで、加えて、意識の上で、ヒトラーが父親と同じくらい、あるいは神よりも重要だと認識していること（32）、エルサに出会って苦悩する大きな原因が、ヒトラーに背くことになると思えること（64）などから、総統の存在が少年の心に深く食いこんでいることがわかる。そこからワイティティ監督が発想したのが、あの、身体つきは大人でも、動作や発言は子どもレベルのヒトラーなのである。このキャラクターが誕生したのは、二〇一一年ごろ、原作小説に「素晴らしい発想の源」を見出した監督が、「着手するとしたら、自分なりのやり方で、楽しめるもの（enjoyable）にするにはどんな方法があるか」と考えた末のことであった。[29]

なお、戯曲『囲われた空』においては、ジョージ・オーウェル（George Orwell）による『1984年』（一九四九）のビッグ・ブラザーの肖像を思わせるような演出で、寝室に飾られた肖像画のヒトラーがヨハニスを「咎めるように見つめている」という場面がある（第一二場）。脚本を書いたゲーゼンツヴィに確認したところ、初演時、ここでは照明と音響により、それが表現されたという。これは原作の主旨に限りなく近く、ヨハニスが行動の規範を、両親ではなく総統に求めていること、つまり、ヒトラーは自分を支えるのではなく、監視する存在であるという状況を表している。原作ではテクスト内で数回言及されるだけであったヒトラーのポスターが、戯曲では小道具として常に舞台に存在し、ときに人格を有するような肖像として演出が施されている一方で、ワイティティ監督の手にかかると、主人公をときになぐさめ、檄を飛ばし、腹部の贅肉を揺らしながら隣を走ってくれる人物に生まれ変わる。まさに、映画というメディアの特性をあますところなく利用し、他の二つのバージョンにはないコミカルな、ときに心温まる効果さえ醸し出し、完全に無害な存在になっている。そして、監督自ら扮するヒトラーが最も際立っている点は、敗戦後、ナチズムの洗脳が解けたジョジョに、パンチをくらってあっさり吹き飛ばされてしまうところである。原作『ケイジング・スカイズ』読解の項で述べたように、主人公は戦後、占領軍によって、ナチスの犠牲者の姿を強制的に見学させられるが、そのあとでも戦時中の自己のありようを否定する箇所がないうえに、ヒトラー崇拝を完全に克服した印が明確に表現されていない。それに対し、映画のジョジョはヒトラーに殴りかかることで、心の中の誤った代理父のイメージを駆逐し、それを乗り越えたことをアピールしている。この時点で、原作の場合とは異なり、『ジョジョ・ラビット』を少年の成長物語とみなすことも可能であろう。

次にキャスティングについて検討してみよう。一〇歳の主人公を、一一歳のローマン・グリフィン・デイヴィズ（Roman Griffin Davis）が演じているが、その面影と、華奢な身体つきには、フォルカー・シュレンドルフ（Volker Schlöndorff）監督による『ブリキの太鼓』（一九七九）の主人公、オスカルを思わせる雰囲気がある。『ブリキの太鼓』の原作は、ギュンター・グラスによって書かれた同タイトルの長編小説

（一九五九）で、三歳のとき自らの意思で成長をやめたオスカルの視点から、戦間期から戦後にかけて、自由都市ダンツィヒに暮らす庶民が巻き起こす事件を描いている。滑稽な場面もないわけではないが、ナチスに侵攻され、最終的にはソ連にも蹂躙されるダンツィヒの歴史を背景に、物語は陰影に富み、猥雑な描写も含んでいる。もし『ジョジョ・ラビット』がヨハニスの年齢を原作通りに一〇代後半にしていれば、あるいは、『囲われた空』の初演時にヨハニスを演じたティム・アール（Tim Earl）のように、体格のがっしりした俳優が起用されていれば、『ブリキの太鼓』への連想はないだろう。しかし、映像の中のジョジョとオスカルは、同世代の子どもたちのあいだでも脆弱に見え、いじめられたり、臆病者とそしられたりしたときは、ただその場から逃げることしかできない（オスカルには声でガラスを割るという特技があるが、それを仲間への攻撃手段にすることはない）。貧相な体格、特に脚の細さが、ぎこちなく走る姿をいっそう頼りなく見せる。二人ともユダヤ人ではないが、ナチス・ドイツにおける望ましい青少年のイメージとはかけ離れており、母親の庇護を必要としている。ジョジョとオスカルの幼気ない、未熟な身体は、二つの映画を結ぶリンクとなる。さらに、画面に映るオスカルの姿が、「小さいが、（原作のように）グロテスクでなく、観客が感情移入できるよう巧みに誘導されており、映画のトーンを感傷的にしている」（Hall 241）といった評価は、そのままジョジョにも当てはまる。原作におけるヨハニスの容姿は、「左目下の頬骨の一部を失う」けがによって大きく損なわれ、左手もないが（Leumens 49）、ジョジョの場合は、ただ顔に切り傷の跡が残るだけで、愛らしさに全く変化がないため、映画のオスカルと同じ役割を担って、観客の共感を呼び覚ますはたらきをする。特に、絞首台から下がる母の亡骸の足元に一人座り続ける幼い姿は、同情を誘う強い効果を発揮する。

現に二つの作品を並べて「両者の類似点が精査に耐えうるかは疑問であるが、アイデアの点で『ブリキの太鼓』を思い出させる」(Rose)、「『ブリキの太鼓』に小細工して感傷的な軽い風刺劇にしたものを想像すれば、このひどい映画がどんなものか、だいたいわかるだろう」(Bradshaw)といったコメントも見られる。しかし、翻案元の『ケイジング・スカイズ』を読んでみると、『ブリキの太鼓』が、実は『ジョジョ・ラビット』よりも、原作小説とのインターテクスト性において想起されるべきであるとわかる。前述の「アイデアの点で(abstractly)」という表現は正鵠を射ている。最も際立つ共通項は、両者の主人公が決して無垢、あるいはナイーヴな少年ではなく、優れた風刺作品の語り手にふさわしい洞察力をもっているという点である。オスカルの誕生シーンによれば、彼は誕生の直前から大人に近いものの見方をしている。[30]その後も、語る声は一貫して子どものままで、容姿も幼い。しかし、複数回挿入されるオスカルの眼のクローズアップでは、道義的判断を備え、事態の真相を見抜くような眼差しが見て取れる。特に母親の情事と、侵攻するナチスに向けた視線には、その傾向が強く表れる。ジョジョと似たあどけない少年の中身は、原作のヨハニスより三歳ほど年上の青年で、ナチス・ドイツやソ連軍の暴虐だけでなく、自分を取り巻く身近な大人たちの偽善や愚行を冷徹に見つめている。そして、先に言及したように、『ケイジング・スカイズ』のヨハニスも、オーストリア市民の変節ぶりと欺瞞に目ざとく気づき、それを皮肉な口調で語るというセンスをもち合わせている。外見通り内面も幼いジョジョには、こうした批判的な観察者の役割を担うことはできず、『ジョジョ・ラビット』が優れた「風刺」になり得ない一因となっている。

ジョジョの幼いキャラクターに沿うように、数歳年上の亡姉の友人であったエルサの年齢も、ティーンエイジャーということになる。演じるトーマシン・マッケンジー（Thomasin McKenzie）は撮影当時一八〜一九歳で、ストレートヘアを横分けにして額を出す髪型はアンネ・フランクを思わせる。また、衣装デザイナーにより、身を潜めている場面の多いエルサのスタイルは主にモノクロームのトーンでまとめられており、(31)白黒写真のみでアンネを知る私たちの印象に結びつきやすいのではないだろうか。そしてマッケンジーは役作りにあたり、監督は学園コメディのキャラクターを参考にするようアドバイスをくれたが、自分はその前にアンネ・フランクについて学ぶことに何日も費やしたとインタビューで語っている。(32)加えてその設定年齢も下げることで、原作に含まれる性的な要素は大幅に払拭される。『ジョジョ・ラビット』のエルサについても、戯曲『囲われた空』の場合と同様、従来のユダヤ人女性のステレオタイプに近い人物となっている。さらに、二人が初めて出会う場面において、ナイフ（ユーゲントのシンボルになる大切なアイテムで、原作でもヨハニスが重視していることが随所でわかる）を手にしているのはエルサのほうで、主導権が最初から彼女のほうにあることを示すと同時に、ナイフを落としてエルサに取られたジョジョの未熟さやうかつさを表す、微笑ましいエピソードになっている。ヨハニスが性的にもエルサを支配しようとする気配を強く漂わせる原作とは、全く違う状況が描かれている。

なお、主人公の家族の中で、祖母と父親は全く映画に登場しない。祖母については、原作や戯曲では当時のオーストリア市民の感覚を代弁するような役割を担っているので、オーストリアからドイツに舞台を移した段階で、不必要な人物ともいえる。父親に関しては、不在の理由が、原作と戯曲では収容所への連行であったが、映画では出征中（あるいは国外でレジスタンス活動中。生死は最後まで明らかにならない）となっている。前者の場合、主人公の父親は恐怖政治の犠牲者で、自身はユダヤ人でなくとも、おそらく、ユダヤ人と共同経営者であったという理由が元で、官憲によって連れ去られ、最終的にはマウトハウゼン強制収容所で銃殺される（Leunens 159）。これは戦死とはまた別次元の非業の死であり、非ユダヤ人としては、最も悲惨な道をたどったことになる。こうした部分が、映画では完全に省かれている。

母親については、名前がロスヴィタ[33]（Roswita）からロージィ（Rosie）に変わった点を除き、ほぼ原作の通りであるが、やはりスカーレット・ヨハンソンが演じているインパクトが大きい。実はヨハンソンはユダヤ系で、母方の祖先はアメリカに単身移住した曽祖父を除き、すべてがワルシャワ・ゲットーで一九四二年までに亡くなっている[34]。しかし、そうした事実よりも、マーベル映画ファンにとっては特に、ヨハンソン＝ブラック・ウィドウというイメージを消し去ることはできないだろう。これは、リチャード・ダイヤー（Richard Dyer）やウォルター・メッツ（Walter Metz）らが定義する「スターのインターテクスト性」を考慮に入れるべき事例である。つまり、俳優は、新たな映画に出演する毎に、それ以前に演じた役柄を集積して演技に重ねていくことになるということだ（Metz 16）。アメコミのスーパーヒロインがレジスタンス活動家を演じるのは適役かもしれないが、刑死した彼女の足が画面に映し出されても、その死が重みをもたないであろう。悲惨さを極力抑制するように、見せしめに吊るされた遺体のアップは足の部分のみであるが[35]、それだけでなく、アベンジャーズのシリーズ内で繰り返し激しいバトルシーンを演じるヨハンソンには、不滅の英雄のイメージが焼きついている。したがって、ジョジョがユーゲントの活動中にけがをしたあと、責任者のいるオフィスに彼女が出向き、サム・ロックウェル（Sam Rockwell）扮するナチスの大尉に蹴りを入れるシーンについても、違和感なく、あるいは面白いと感じて観られる観客も多いだろう。ヨハンソンの存在は、明るい色味のメークや愛らしいデザインの衣装も併せて、作品のリアリティを損なっている。

なお、前述のナチス大尉は、当初から不利な戦況について真実を語り、最後は自身を犠牲にしてジョジョを救うという行動に出るなど[36]、一貫して、ナチスであるが善人という設定になっている。この人物と、コメディエンヌとしての出演作が多いレーベル・ウィルソン（Rebel Wilson）演じる女性教官は、原作には登場しない人物で、イマジナリー・ヒトラーと共に、『ジョジョ・ラビット』のコミカルな部分を担っている。彼ら三人の存在は、笑いの要素を実はあまり含まない原作を元に、コメディ映画をつくるためのギミックとしての役割を果たし、ヨハンソンと同じく、作品のリアリティを下げている。

物語全体のプロットについて、原作との大きな相違は以下の通りである。まず、ドイツを舞台として、主人公の年齢を幼く設定したことで、原作に見られる政治性と性的な要素が大幅に除去され、ジョジョとエルサの関係は少年の幼い片思いに留まる結末となっている。エルサは婚約者ネイサンの病死をあらかじめ承知しているが、ジョジョが捏造したネイサンからの手紙を信じたふりを続け、ユダヤ人を題材に稚拙で悪趣味な漫画を描くジョジョに、調子を合わせるような助言をする。ジョジョが描くイラストは無害な子どもの落書きレベルで、風刺画とはいえず、二人の交流は子ども同士の遊びの域を出ない。さらに、ドイツが勝利したというジョジョの嘘はあっという間に露見し、エルサにぶたれてすべてを赦され、あの印象的なラストのダンスシーンへと移る。罪の贖いは一発の平手打ちで充分で、ジョジョが原作のように、戦後もエルサを長期間家に閉じこめるという、不適切な行動に及ぶことはない。そして、物語の最後を二人が同じ場所で迎えるという点が、他の二つのバージョンと決定的に異なっている。たとえ姉弟のような関係性であっても、戦争によって孤児となった少年と少女が、疑似家族を形成する可能性が窺えるからである。母親がかつてジョジョにそうしたように、今度はジョジョがエルサの靴紐を結ぶという場面がそれを象徴している。こうした結末が可能になるのは、あくまで、ジョジョの無垢が作品全体を通して維持されているからである。ジョジョとエルサは、相対する立場というより、ナチス・ドイツの犠牲者であるという点で、基本的には同じ状況におかれている。原作や戯曲において、エンディングで解決されるべき対立は、映画においては表面上のものにすぎない。エルサの平手打ちによる「赦し」は単なる身振りで、本質的なものではない。

議論を終える前に、ワイティティ監督がニュージーランドを主な活躍の場としていた時期に制作し、批評家も含め幅広い層から高く評価された『ボーイ』（二〇一〇）と、『ジョジョ・ラビット』の近似性に言及したい。まず、タイトルの『ボーイ』は、ジョジョと同様、一一歳の主人公の呼び名である。さらに、オープニングシーンがやはり主人公の自己紹介になっている。実際は学校の教室で話しているのだが、ボーイが当初カメラに対し、すなわち観客に対し、直接話しているかに見えるところも『ジョジョ・ラビット』と酷似している。そして、物語の展開として最も重要な類似点は、主人公が、無責任な父親の真の姿に気づき、彼に殴りかかる場面に表れている。タイカ・ワイティティ自ら演じるこの父親は、天真爛漫な面もあるが、家族を顧みず窃盗などを重ね、ときに感情的になってボーイを殴るような人物である。いくつかの事件を経て、ボーイの父親に対する幻滅は深刻さを増し、決定的な決裂のときを迎える。ここがイマジナリーフレンドであり、父親的な存在でもあったヒトラーを、自分の意識から排除するジョジョの姿に重なる。ボーイはやがて最後に母の墓前で父親と再会し、和解するように見える。父親を見つめるボーイの片目は赤く潤み、親しみと赦し、哀しみをないまぜにした感情が見て取れ、それがまさに少年の成長した証となっている。二つの作品は、父親が不在であった少年が、半ば必要に迫られて、想像の中で望ましい父親像をつくり上げるが、その幻想を自ら乗り越えて次の段階に進む、わかりやすい成長物語となっている。そして、主人公たちが現実に目覚めていく過程で起きる事件が、極めて悲惨であるにもかかわらず、エンディングで流れる音楽が、観客の悲しみを忘れさせる効果をもつ。「子どもの視点」で描かれているとはいえ、ジョジョは唯一そばにいた母親を公開処刑というかたちで亡くし、ボーイはときに自分の話を聞いてもらっていた、ある意味で母親代わりといえるようなヤギを、父親の無謀運転による事故で失ってしまう。特に後者のエピソードは、ジョジョの母親の刑死の場面よりはるかにリアルで、鑑賞者の心に刺さる。しかし、『ジョジョ・ラビット』ではデヴィッド・ボウイの「ヒーローズ」が、『ボーイ』では、マオリの民族音楽が、気持ちを浮き立たせるようなリズムと旋律で作品の最後を締めくくる。両者におけるダンスの動きもユーモラスで特徴的だ。『ボーイ』の場合は、マイケル・ジャクソンのビデオ「スリラー」のパロディになっており、登場人物たちがゾンビとしてマオリのダンスを取り入れつつ踊る。こうして二つの作品を比べると、ワイティティ監督は、小説『ケイジング・スカイズ』と自作の『ボーイ』を翻案して『ジョジョ・ラビット』を制作したということもできる。

ワイティティ監督は、二〇一九年のトロント映画祭でインタビューを受け、第二次世界大戦中の出来事について人々の感覚が麻痺しはじめており、当時の物語を繰り返し語るための、新しくて独創的な方法を見つけるべきだと語っている[37]。戦争の記憶を語り継ぐうえで、予定調和を破る必要性を監督は痛感しており、観客からの高い支持は、その意図がある程度功を奏した結果である。ただ、この映画に対する批判の矛先が、主に史実の矮小化に対して向けられていることから判断すると、作品自体を、歴史記憶を継承するためのメディアとして捉えることには無理があるだろう。そして、この映画が歴史記憶の構築に寄与する一つの可能性は、本論で明らかにしたように、アダプテーションの過程を具体的に知るところにかかっている。つまり、史実との整合性を強く意識しながら綴られた物語が、高い興行成績と観客の支持を得る映画に翻案される過程で、どのような変容を遂げたかを検証することで、映画を通じて歴史記憶にふれる危うさをあらためて知ることができる。そのとき観客である我々は、次世代に記憶を引き継ぐ役割を担いながら、ホロコーストのように、当事者にさえその真相を語ることが極めて困難な過去の歴史に、どのような物語をこちらから当てはめようとするのか、それを自らに問い直す契機を与えられるのである。

おわりに

ホロコーストの歴史記憶に対する心理的な距離は、第二世代である本書の脚本家、デジレ・ゲーゼンツヴィの場合がもっとも近いと考えられる。彼女がルーネンズに出来上がった脚本を見せると、「『私』に由来するものと、『あなた』に由来するものとが一つになって、初めからずっとこういう作品だったように思える」と言われたという。[38] しかし、こうして三つの作品を比較検討した結果、『囲われた空』には、原作には見られない、一つの大きなテーマが加味されていることがわかる。それは、「宥和と赦し」である。ジョジョとは違い、『囲われた空』のヨハニスは、エルサに対し、当初は力による支配を誇示したうえ、彼のほうから真相を早期に打ち明ける様子は見られない。事態はエルサが偶然兄の手紙を発見して初めて急速な展開を見せる。結局、原作ほど重大ではないが、『囲われた空』のヨハニスにも看過できない非があり、それは安易に赦されるレベルのものではない。ゲーゼンツヴィが選んだ結末には、こうした部分をすぐれたバランス感覚で考慮した跡が窺われる。主人公は最愛の女性に罪を赦されるものの、自分の元から去られてしまうのだ。

私は、個人的な体験から、ユダヤ人がどれほどひどい目にあったのか、そして、ユダヤ人以外で、ナチスに反対する人々が、自分たちの子どもが洗脳されてヒトラー・ユーゲントに加入させられ、その後、恐ろしい事件が続いたことを目の当たりにして、どれほどつらい思いをしたのかを知っています（ドイツやオーストリア国籍をもつ親しい友人がいますから）。そして、彼らのさらに次の世代が、どう思っていたのか、多くの人々がおぼえる（いわゆる「父の罪」による）罪悪感と恥のことを知っているのです。私は原作を読んで、これはエルサとヨハニスという二人の人物を通して、両方の立場にある人々のことを深く掘り下げた作品だと思いました[39]（傍線部引用者）。

すでに指摘したように、ゲーゼンツヴィは原作に見られる若いヨハニスの過ちに、随所で細やかな修正を施している。それは物語の結末で、説得力のある「赦し」を導入するための創作上の配慮であり、脚本家の個人的な心情に由来するものでもある。加害者の立場に置かれた人々の苦悩に身近にふれ、彼らを声高に糾弾すべきでないとする姿勢がそこに感じられる。

さらに、ホロコースト第二世代の一人として、ゲーゼンツヴィが「赦し」を重視するのは、父、ヴォルフ・ステレンタルの後半生に、深く影響されてのことではないかと訳者は考える。ステレンタル氏は、言葉で言い尽くせない経験を内に秘めたまま、「なんとかして人生と折り合いをつけることに最善を尽くし」、家庭では「愛すべき、特別な人」であり続けた。ホロコースト生存者である同氏が、自らの存在についてこのような記憶を家族に残したということ、それ自体が、次の世代へのかけがえのない遺産となり得るのではないだろうか。ホロコーストの直接の記憶はステレンタル氏の心身に刻みこまれているが、それが次世代に対し、人々の分断もやむなしと思わせるようなかたちで伝わってはいなかったのである。

引用した訳者宛てのメッセージにあるように、ゲーゼンツヴィは当初から原作を「両方の立場にある人々のことを深く掘り下げた作品」として読んでいる。しかし、『ケイジング・スカイズ』の語りは一貫してヨハニスの視点によるもので、エルサの言動や心の動きは、あくまでヨハニスが見たものにすぎない。たとえば『コレクター』の後半のように視点が移り、囚われた側の心理が緻密に語られるということはない。特に、失踪当時のエルサの心情は不明なままで、その行方も杳として知れない。ヨハニスの、未熟ではあるが、真摯なエルサへの愛は完全に拒まれ、二人のあいだに決定的な断絶が生じたところで物語が終わっている。こうした原作から生まれた二つのアダプテーションのうち、映画では、「人種」の違いが引き起こした両者の対立関係を表面的なものに留めたうえに、最後は疑似家族の成立を暗示して観客に安堵感をもたらしている。そして、ゲーゼンツヴィによる『囲われた空』は、原作のプロットを忠実になぞるように見せながら、二人の主要人物が浄化され、別離はありながらも、赦しと和解を予想させる展開に変更されている。

クリスティン・ルーネンズの原作は、高度な政治性を帯び、ときに毒々しく猥雑で、悲劇的で救いのない結末を迎える。「成長小説」の優れたパロディになっているだけでなく、後半は特に、戦後のオーストリアを描く、極彩色の巧緻な風刺画のような面をもつ作品でもある。[40] そこから脚本家が抽出したのは、「イデオロギーの嘘[41]」(an ideological lie)のために相対する立場に置かれた若い二人が、戦禍を共に乗り越えたあと、和解の可能性を残しながら各々の場所で生き延びていくという物語なのである。こうして宥和的なテクストを自然に選ぶところに、デジレ・ゲーゼンツヴィが、ホロコースト第二世代として父親から受け継いだ、言語化され得ないレガシーが活かされている。

註

（1）Jungvolk「ドイツ少国民団」は、ヒトラー・ユーゲントの下部組織で、一〇歳から加入でき、強制加入であったことが原作にも記されている（Leunens 29）。

（2）本論で引用する映画についてのデータは、原則として *Internet Movie Data Base*, https://www.imdb.com/ に基づく。

（3）「パリンプセスト」川口喬一・岡本靖正編『最新 文学批評用語辞典』研究社、一九九八年、二一五頁。

（4）本来、原作と戯曲のタイトルは同じ *Caging Skies* であるが、アダプテーションのダイナミズムを際立たせるために、原作を『ケイジング・スカイズ』、戯曲を『囲われた空』、そして映画を『ジョジョ・ラビット』と使い分ける。

（5）https://www.penguin.co.nz/book-clubs/2469-caging-skies-book-club-guide 参照。

（6）https://www.circa.co.nz/reflections-on-caging-skies 参照。

（7）https://variety.com/2020/film/news/taika-waititi-mom-robin-cohen-jojo-rabbit-1203488959 参照。

（8）二〇二二年六月一四日付の原作者からのメールによる。

（9）二〇二一年八月九日付の原作者からのメールによる。仏語のタイトルは *Le Ciel en Cage*（*The Sky in Cage*）、イタリア語は *Il cielo in gabbia*（*The Caged Sky*）となっている。

（10）https://www.suffolklibraries.co.uk/posts/meet-the-author/meet-the-author-christine-leunens 参照。

（11）https://www.penguin.co.nz/book-clubs/2469-caging-skies-book-club-guide 参照。

（12）https://www.creativescreenwriting.com/adding-layers-to-the-story-author-christine-leunens-on-jojo-rabbit 参照。

（13）「子ども期の自伝」（"the Childhood"）の特色については、比較文学者リチャード・コー（Richard N. Coe）による、*When the Grass Was Taller: Autobiography and the Experience of Childhood*（Yale UP, 1984）pp.1-40 が詳しい。コー

は近接ジャンルとして「成長小説」を挙げているが、それが「子ども期の自伝」と大きく異なるのは、前者の書き手が最終的にしかるべき社会の一員として受け入れられるまでを描くのに対し、後者の場合は、一個人として、作家や詩人としてのアイデンティティを自覚し、「子ども期の自伝」をその証とみなしていることを指摘している（9）。本書のヨハニスも、幼い日々の記憶から書き起こし、戦中戦後のウィーン市民の生活に紙数を割くが、最後には「僕の愛情の純粋さが行間から窺える」（Leunens 294）と語り、社会や歴史などとは無関係に、一人の女性を愛し続ける自分の姿が、あくまで物語の中心であることを示唆する。この点でも、『ケイジング・スカイズ』が「成長小説」と似て非なるものであることがわかる。

（14）"Defamiliarization". *The Columbia Dictionary of Modern Literary and Cultural Criticism*, edited by Joseph Childers, Columbia UP, 1995, p.76.

（15）パトリシア・メイヤー・スパックス（Patricia Meyer Spacks）は、風刺に対する読者の最も重要な反応は不安や居心地の悪さであると述べている。風刺によって、未解決な問題に満ちた世界が提示されるからだ。

（16）ナオミ・グリーン（Naomi Greene）は *Landscapes of Loss: The National Past in Postwar French Cinema*（Princeton UP, 1999）の第三章 "Battles for Memory: Vichy Revisited" において、七〇年代に公開されたフランス映画の中からヴィシー政権下の市民生活を描いたものを取り上げ、それらが戦後支配的であった、フランス国民がレジスタンスの名のもとに統一されていたというような「神話」の問い直しに深く関わっていることを示している。

（17）このとき第六代連邦大統領クルト・ワルトハイム（Kurt Josef Waldheim 1918-2007）は、自身がナチ突撃隊将校であったことが明らかになり、二年後のアンシュルス五〇周年記念日に、オーストリア人の中にナチスの犯罪に加担した者がいたことについて公けに謝罪している（松岡 五三）。

（18）Michel Foucault, "Film, History, and Popular Memory" in Michel Foucault, Patrice Maniglier, Dork Zabunyan, *Foucault at the Movies*（Columbia UP, 2018）, p.115 参照。これは一九七四年 *Cahier du Cinema* 七―八月号に掲載されたインタビューの再録である。

（19） https://www.circa.co.nz/reflections-on-caging-skies 参照。

（20） ヒトラーは『わが闘争』で繰り返しユダヤ人批判を行なうが、第一〇章において、「〔ユダヤ人の〕全存在がすでに比類のない大きな嘘の上に建てられている」と断言し、その「嘘」は、ユダヤ人が自らを定義するにあたり、ユダヤ教の信仰の有無が決め手になるとしていることだと述べている（ヒトラー 三〇〇）。続く第一一章では、ユダヤ人が「つねに一定の人種的特性をそなえた民族だった」（三九八）と主張し、その章全体を割いて自身の偏向したユダヤ人論を展開している。

（21） https://www.circa.co.nz/reflections-on-caging-skies 参照。

（22） https://www.youtube.com/watch?v=vbS46_1Ugpw この動画で、ゲーゼンツヴィが二〇二〇年の Yom HaShoah「ホロコースト記念日」に寄せて発表した父親の人生を語る模様を視聴できる。ホロコースト記念日はイスラエルで一九五〇年代に始まり、現在では宗教や国境を越え、さまざまなかたちで守られている（Jacobs 19）。

（23） この呼称については、「訳者はしがき」註（3）を参照。

（24） Janet Jacobs. *The Holocaust Across Generations: Trauma and Its Inheritance among Descendants of Survivors.*（New York UP, 2016）, p.125-47

（25） Rotten Tomatoes, https://www.rottentomatoes.com/m/jojo_rabbit 参照。

（26） Hannah Brown, "The true and the fake: A review of Holocaust films," "The good, the bad and the cute," *The Jerusalem Post* 22 Jan. 2020 および 30 Jul. 2010. 参照。「気分がよくなるホロコースト映画」には、『黄色い星の子供たち』（二〇一〇）のように、コメディの要素が全くない作品も含まれる。

(27) 映画『シンドラーのリスト』における表象の問題点については、Yosefa Loshitzky, ed., *Spielberg's Holocaust: Critical Perspectives on Schindler's List* (Indiana UP, 1997) が詳しい。

(28) コミカルなヒトラー像のモチーフは、『チャップリンの独裁者』(一九四〇)、エルンスト・ルビッチ (Ernst Lubitsch) の『生きるべきか死ぬべきか』(一九四二) にも見られるが、これらの作品は、ナチス・ドイツのユダヤ人大量虐殺の全貌が明らかでない時期につくられているので、制作者が戯画化するにあたり、タブーが無きに等しかったのではと考えられる。なお、ダニー・レヴィ (Danny Levy) 監督による『わが教え子、ヒトラー』(二〇〇七)は、例外的にコメディの要素が強い作品でありながら、虚構とフィクションの境界があいまいになっている。

(29) https://www.hollywoodreporter.com/news/general-news/taika-waititi-playing-hitler-laughs-jojo-rabbit-1236221 参照。同インタビューでは、監督がヒトラーを自ら演じたのは、映画会社が出した条件のためだったとも語っている。

(30) オスカルは一九二三年に結婚した両親の元に生まれ、精神の発育が誕生時に完成したと原作に記されている(グラス 五二、五五)。

(31) https://variety.com/2020/artisans/awards/mayes-rubeo-jojo-rabbit-costume-design-1203487510/ 参照。エルサの服装はジョジョの母親のカラフルな衣装と対照的である。ゲシュタポがジョジョの家を訪れたときだけ、エルサは赤いブラウスを着ている。ジョジョの姉に扮するためだ。

(32) https://www.refinery29.com/en-us/2019/11/8613165/who-plays-elsa-jojo-rabbit-thomasin-mckenzie-interview 参照。なお、監督がマッケンジーに視聴をすすめた作品は『ヘザース/ベロニカの熱い日』(一九八八)と『ミーン・ガールズ』(二〇〇四)である。

(33) 映画『ブリキの太鼓』でオスカルと束の間、相思相愛の関係になり、連合軍の砲撃で命を落す女性の名が

Roswitha である。スペルは異なるが、これはルーネンズからギュンター・グラスへのオマージュではないかと訳者は考えている。ワイティティ監督がこの名前を採用しなかったのは、『ブリキの太鼓』への連想を阻止し、その主人公オスカルにとって性的な存在である女性の名前をジョジョの母親の名にすることを避けたかったのではないかとも考えられる。

(34) https://www.jta.org/2017/11/01/united-states/scarlett-johansson-cries-when-she-discovers-her-familys-tragic-holocaust-history-on-finding-your-roots 参照。二〇一七年一〇月三一日に放送されたPBSテレビの *Finding Your Roots*. "Immigrants" のエピソードにおいて、ヨハンソンは初めて母方の親族の最後を知り、涙を流している。

(35) 原作においても、刑死した母親を描写するくだりでは、あえて不謹慎な、子どもの視点を装った語りにいきなりスイッチしている (Leunens 125)。ただしそれは、主人公の衝撃や、自責の念を抑圧するための手段であると解釈することもできる。それに対し、映画の場合は、ヨハニスの姿を共に映してセンチメンタルな要素を強める一方で、観客に真の悲惨さを見せないように、この場面によってコメディとしてのトーンを完全に壊さないように、という配慮が先行していると思われる。こうした監督のやり方は、『ライフ・イズ・ビューティフル』で、収容所の悲惨な現実を我が子に気づかせないよう苦心した主人公ジョズエを、しいては、監督のロベルト・ベニーニの制作姿勢をも連想させる。

(36) 彼の死は銃声のみで表現されており、『ライフ・イズ・ビューティフル』の主人公ジョズエの最期と一致している。ただ、ジョズエの死をその時点で息子は知らないが、ジョジョは大尉の銃殺を承知している。

(37) "JoJo Rabbit Cast and Crew Q&A, Sept 9 | TIFF 2019." www.youtube.com/watch?v=As6M2yzayJA&t=420s、および同時期に行なわれた *IAMFILM* 主幹、リベルテ・グレイス (Liberté Grace) によるインタビューを参照。

(38) 本論冒頭で引用した、脚本家から訳者への初めてのメールに書かれている。

(39) 同。

(40) たとえば、戦後間もなくヨハニスが訪れたシェーンブルン宮殿の敷地内が、砲撃によるクレーターだらけであったが、すぐに「ゴルフコースのように」青々と草に覆われたことや（Leunens 166）、ヨハニスが勤めた工場で、ウィーン名物のピンク色のケーキが大量生産されるもようが描かれている（283）。原作を読んだあとにあらためて『ジョジョ・ラビット』を観直したところ、終盤の市街戦の場面以外では、原作から立ち上がる豊かな色彩の世界が映像に反映していると感じられた。

(41) ゲーゼンツヴィは『囲われた空』の冒頭に、「子どもたちが無邪気にイデオロギーの嘘を信じ、親が我が子を恐れ、嘘が一人歩きを始めると、一体何が起きるのか」と記している。この「イデオロギーの嘘」は、アドルフ・ヒトラーが『わが闘争』において展開したようなユダヤ人に関する根拠のない自説の数々（註20）を指すと考えられる。

参考文献

一次資料

Gezentsvey, Desiree. “Caging Skies.” 2018. Theatrical script.

Leunens, Christine. *Caging Skies*. 2004. The Overlook Press, 2020.

Waititi, Taika, director and screenwriter. *Jojo Rabbit*『ジョジョ・ラビット』. 2019.

二次資料

Altman, Rick. *Film/Genre*. British Film Institute, 1999.

Bannister, Matthew. *Eye of the Taika: New Zealand Comedy and the Films of Taika Waititi*. Wayne State UP, 2021.

〈Book Reviews〉 "Caging Skies," *Historical Novel Society*, https://historicalnovelsociety.org/reviews/caging-skies/.

Bradshaw, Peter. "Jojo Rabbit review – Taika Waititi's Hitler comedy is intensely unfunny." *The Guardian*, 20 Dec. 2019, www.theguardian.com/film/2019/dec/20/jojo-rabbit-review-taika-waititi-hitler-comedy.

Brody, Richard. "Springtime for Nazis: How the Satire of "Jojo Rabbit" Backfires." *The New Yorker*, 22 Oct. 2019, www.newyorker.com/culture/the-front-row/springtime-for-nazis-how-the-satire-of-jojo-rabbit-backfires.

Brown, Hannah. "The true and the fake: A review of Holocaust films." *The Jerusalem Post,* 22 Jan. 2020, www.jpost.com/diaspora/antisemitism/the-true-and-the-fake-a-review-of-holocaust-films-614952.

--------. "The good, the bad and the cute." *The Jerusalem Post*, 30 Jul. 2010, www.jpost.com/Arts-and-Culture/Entertainment/The-good-the-bad-and-the-cute.

Brownstein, Rich (Richard). *Holocaust Cinema Complete: A History and Analysis of 400 Films, with a Teaching Guide*. McFarland Publishing, 2021.

Coe, Richard N. *When the Grass Was Taller: Autobiography and the Experience of Childhood*. Yale UP, 1984.

Ebert, Roger. "Reviews: Lacombe, Lucian." *Roger Ebert*.com, www.rogerebert.com/reviews/lacombe-lucien-1974.

Epstein, Helen. *Children of the Holocaust: Conversations with Sons and Daughters of Survivors*. 1979. Bantam, 1980.

Fowles, John. *The Collector*. 1963. Vintage, 2004.

Foucault, Michel. "Film, History, and Popular Memory." Interview by *Cahiers du Cinéma. Foucault at the Movies*, translated and edited by Clare O'Farrell, chapter 3, Columbia UP, 2018, pp. 103-22.

Fuchs, Esther. "The Construction of Heroines in Holocaust Films: The Jewess as Beautiful Soul." *Women and the Holocaust: Narrative and Representation*, edited by Esther Fuchs, chapter 9, UP of America, 1999, pp. 97-112.

Gilman, Sander L. "Is Life Beautiful? Can the Shoah Be Funny? Some Thoughts on Recent and Older Films." *Critical Inquiry*, vol. 26, no. 2, 2000, pp. 279-308. *JSTOR*, https://www.jstor.org/stable/1344124

Galuppo, Mia. "Taika Waititi on Playing Hitler for Laughs in 'Jojo Rabbit': "I Felt Weird About It"." *The Hollywood Reporter*, 6 Sep. 2019, www.hollywoodreporter.com/news/general-news/taika-waititi-playing-hitler-laughs-jojo-rabbit-1236221.

Gezentsvey, Desiree, Christine Leunens, Andrew Foster. "Reflections on Caging Skies." *Circa Theater* 10 Aug. 2017, www.circa.co.nz/reflections-on-caging-skies.

Greene, Naomi. *Landscapes of Loss: The National Past in Postwar French Cinema*. Princeton UP, 1999.

Haggith, Toby. "The Filming of the Liberation of Bergen-Belsen." *Holocaust and the Moving Image: Representations in Film and Television Since 1933*, edited by Toby Haggith and Joanna Newman, chapter 3, Wallflower P, 2005, pp. 33-49.

Hall, Carol. "A Different Drummer: The Tin Drum Film and Novel." *Literature/Film Quarterly*, vol.4, no. 18, 1990, pp. 236-44. *ProQuest Central*, www.proquest.com/docview/226990739/ fulltextPDF/ 59577AF144F14C06PQ/1?accountid=12653.

Hoffman, Eva. *After Such Knowledge: A Meditation on the Aftermath of the Holocaust*. Vintage, 2005.〔ホフマン、エヴァ『記憶を和解のために——第二世代に託されたホロコーストの遺産』早川敦子訳、みすず書房、二〇一一年。〕

Hutcheon, Linda. *A Theory of Adaptation*. Routledge, 2006.〔ハッチオン、リンダ『アダプテーションの理論』片渕悦久、鴨川啓信、武田雅史訳、晃洋書房、二〇一二年。〕

Jacobs, Janet. *The Holocaust across Generations: Trauma and Its Inheritance among Descendants of Survivors*. New York UP,

2016.

Loshitzky, Yosefa, editor. *Spielberg's Holocaust: Critical Perspectives on Schindler's List*, Indiana UP, 1997.

Leunens, Christine. “Caging Skies—book club guide.” *Penguin Books New Zealand* 7 Nov. 2019, www.penguin.co.nz/book-clubs/2469-caging-skies-book-club-guide.

--------. “‘Adding Layers to the Story’ Author Christine Leunens on Jojo Rabbit.” Interview by Brock Swinson. *Creativescreenwriting*, 25 Oct. 2019, www.creativescreenwriting.com/adding-layers-to-the-story-author-christine-leunens-on-jojo-rabbit.

Malkin, Marc. “Taika Waititi's Mom Explains Why She Told Her Son to Make ‘Jojo Rabbit’.” *Variety*, 31 Jan. 2020, https://variety.com/2020/film/news/taika-waititi-mom-robin-cohen-jojo-rabbit-1203488959.

“Meet the Author: Christine Leunens.” *Suffolk Libraries* www.suffolklibraries.co.uk/posts/meet-the-author/meet-the-author-christine-leunens

Menon, Anil. “Review | Johannes in his burrow: Reading Christine Leunens' ‘Caging Skies’.” *The Hindu*, 30 May 2020, www.thehindu.com/books/johannes-in-his-burrow-christine-leunens-caging-skies-reviewed-by-anil-menon/article31708560.ece.

Metz, Walter. *Engaging Film Criticism: Film History and Contemporary American Cinema*. Peter Lang, 2004.

Rapp, David. “Screener: *Jojo Rabbit*.” *Kirkus*, 17 Oct. 2019, www.kirkusreviews.com/news-and-features/articles/kirkus-reviews-screens-film-jojo-rabbit.

Reed, Rex. “Uneven Satire ‘Jojo Rabbit’ Is Too Frivolous to Take Seriously.” *The Observer*, 18 Oct. 2019, https://observer.com/2019/10/jojo-rabbit-review-taika-waititi-scarlett-johansson-rex-reed.

Richardson, Brian. “Drama and Narrative.” *Cambridge Companion to Narrative*, edited by David Herman, chapter 10,

Cambridge UP, 2007, pp. 142-55.

Rose, Alex. "Jojo Rabbit is a lot of things—an effective satire isn't one of them." *CultMTL*, 31 Oct. 2019, https://cultmtl.com/2019/10/jojo-rabbit.

Rosenfeld, Alvin H. *A Double Dying: Reflections on Holocaust Literature*. Indiana UP, 1980.

Rubenstein, Lenny. "Lacombe, Lucien: The Fascism of Banality." *Cinéaste*, vol. 6, 1975, pp. 10-12. *JSTOR*, www.jstor.org/stable/41685745.

Sarkisian, Jacob. "Why Oscar-nominated 'Jojo Rabbit' is the film we need right now." *Insider*, 3 Feb. 2020, www.insider.com/why-jojo-rabbit-is-the-film-we-need-right-now-2020-1

Sims, David. "*Jojo Rabbit* Is a Fraught Tonal Experiment." *The Atlantic*, 18 Oct. 2019, www.theatlantic.com/entertainment/archive/2019/10/jojo-rabbit-review/600199.

Soublin, Par Jean. "Christine Leunens : une prison de peur et d'amour," *Le Monde*, 22 Nov 2007, https://www.lemonde.fr/livres/article/2007/11/22/christine-leunens-une-prison-de-peur-et-d-amour_981141_3260.html

Spacks, Patricia Meyer. "Satire Causes Feelings of Uneasiness." *Satire*, edited by Laura K. Egendorf, Greenhaven P, 2002, pp. 143-52.

Torchin, Leshu. "Anne Frank's Moving Images." *Anne Frank Unbound: Media, Imagination, Memory*, edited by Barbara Kirshenblatt-Gimblett, chapter 3, Indiana UP, 2012, pp. 93-134.

Vice, Sue. *Children Writing the Holocaust*. Palgrave, 2004.

Waititi, Taika. "Taika Waititi: I AM Jojo Rabbit" Interview by Liberté Grace. IAMFILM, 16 Sep. 2019, https://iamfilm.org/press/iamjojorabbit.

Žižek, Slavoj. "Camp Comedy." *Sight and Sound*, vol. 10, no. 4, Apr. 2000, pp. 26-29.

グラス、ギュンター『ブリキの太鼓』高本研一訳、集英社、一九七八年。

ヒトラー、アドルフ『わが闘争（上）』平野一郎、将積茂訳、改版第五版、角川文庫、二〇〇一年。

「〈シネマ万華鏡〉ジョジョ・ラビット——ナチスへの皮肉、家族の愛」『日本経済新聞』二〇二〇年一月一七日夕刊、一二頁。

秦邦生「カズオ・イシグロ『日の名残り』とマーチャント・アイヴォリー映画再考——コラボレーションとしての翻案」『文学とアダプテーションII——ヨーロッパの古典を読む』小川公代、吉村和明編、第七章、春風社、二〇二一年、一九九—二二三頁。

松岡由季「オーストリアとホロコースト（下）映画に見るオーストリアの犠牲者神話」『季刊 戦争責任研究』日本の戦争責任資料センター、四五号、二〇〇四年、四八—五三頁。

映像資料

Benigni, Roberto, director. *Life Is Beautiful*. 1997〔ライフ・イズ・ビューティフル〕
Brooks, Mel, director and screenwriter. *The Producers*. 1967〔プロデューサーズ〕
Chaplin, Charles, director and screenwriter. *The Great Dictator*. 1940〔チャップリンの独裁者〕
Kassovitz, Peter, director and screenwriter. *Jakob the Liar*. 1999〔聖なる嘘つき／その名はジェイコブ〕
Lubitsch, Ernst, director. *To Be or Not to Be*. 1942〔生きるべきか死ぬべきか〕

Malle, Louis, director and screenwriter. *Lacombe, Lucien*. 1974〔ルシアンの青春〕
Ophuls, Marcel, director. *Le Chagrin et la Pitié*. 1969.
Schlöndorff, Volker, director and screenwriter. *Die Blechtrommel*. 1979〔ブリキの太鼓〕
Singer, Bryan, director. *X-Men*. 2000〔X-MEN〕
Spielberg, Steven, director. *Schindler's List*. 1993〔シンドラーのリスト〕
Wnendt, David, director and screenwriter. *Er ist wieder da*. 2015〔帰ってきたヒトラー〕
Waititi, Taika, director and screenwriter. *Boy*. 2010〔ボーイ〕
--------, director. *Thor: Ragnarok*. 2017〔マイティ・ソー：バトルロイヤル〕

訳者あとがき

この作品が演劇に携わる方の目にとまり、日本のどこかの劇場や学校で上演されることを願ってやまない。それは脚本を書いたデジレさんの願いでもあると思う。出版に向けて翻訳や勉強を始めてから二年が経過し、その間いつでも、こちらの質問に対して即座に快く応じてくださったデジレさんと、原作者のクリスティンさんには深く感謝している。お二人の強い絆と信頼関係に、心をうたれることもしばしばであった。

なお、こうして脚本を出版するにあたり、デジレさんのほうから、私が日本語に訳したものを英語に戻し、それを読ませてほしいという要望があった。そこで、拙い訳文をさらに拙い英文に直して送ったところ、誤訳やこちらの理解が足りない部分に対し、一つひとつ丁寧なコメントをつけて返送してくださった。最終稿では、それを最大限反映するよう心掛けた。

翻訳も出版も、すべて未体験であった私は、名古屋大学英文学研究室の同窓、南山大学教授中田晶子さんにまずアドバイスを仰ぎ、いつものように温かく励ましてもいただいた。その後、愛知学院大学客員教授山口均先生に拙稿を読んでいただけることになり、多くの貴重なご意見を頂戴した。先生には感謝の言葉もありません。また、最初に必ず私の原稿に目を通し、わかりにくい箇所や、論理的でないところを指摘してくれた長女、碧にも、心から有難うと言いたい。そして編集の林田こずえさん、そのたぐいまれな集中力に敬意を表しますし、この度のご尽力に深く感謝いたします。

デジレさんのご両親が結婚された一九五九年一月に、私の両親も結婚式を挙げている。記念写真に写る新郎の右手は拳骨になっていて、かろうじて白い手袋を挟んでいる。大正三年生まれの父は、日中戦争（一九三七–四五）初期に中国大陸に出征し、右手の指三本を失って帰国した。ジョジョと同じように、手りゅう弾の操作を誤ったからである。おかげで南方へ送られることもなく先の戦争を生き延びて、七三歳で結核のため亡くなるまで静かな余生（まさにそんな感じだった）を送ることができた。ずっと病弱だったせいもあるが、全く人付き合いをせず、私の目に映る父は、とにかく「変わった人」だった。父も一切、自分の戦争体験について語らなかったが、もしかすると、あまりに早くけがをして、あっという間に戦地から返されたせいなのかもしれない。

本書を、亡き父に捧げます。

二〇二二年一〇月　河野哲子

【著者】

デジレ・ゲーゼンツヴィ

(Desiree Gezentsvey)

ベネズエラで生まれ、1985年家族と共にニュージーランドに移住。ヴィクトリア大学ウェリントンより修士号取得（クリエイティブ・ライティングと翻訳学)。作家として、映画・演劇の脚本執筆、さらにバイリンガルの詩作に携わり、文学作品の英訳、スペイン語訳も手掛ける。戯曲 *Nuclear Family* は2011年にアメリカで開催された Moondance International Film Festival で Best Stageplay Award を受賞した。本書に収録されている *Caging Skies*『囲われた空』（2017）はスペイン語とフランス語にも翻訳されている。

【原案】

クリスティン・ルーネンズ

(Christine Leunens)

アメリカで生まれ、10代で渡欧、ヴォーグ誌やジバンシーなどのモデルとして活躍後、ハーバード大学より Master of Liberal Arts 取得（英米文学)。その後ニュージーランドに移り、ヴィクトリア大学ウェリントンより Ph.D. 取得（クリエイティブ・ライティング)。1999年 *Primordial Soup* により小説家としてデビュー。続く *Caging Skies*(2004) は多数の文学賞を受賞し、戯曲『囲われた空』と映画『ジョジョ・ラビット』の原作となる。最新作 *In Amber's Wake*（2022）も現在映画化が進行中である。

【訳者】

河野 哲子

（こうの・てつこ）

1961年生まれ。名古屋大学大学院文学研究科英文学専攻博士前期課程修了。名古屋大学大学院人文学研究科非常勤講師。関心分野はホロコースト文学、戦争文化。（論文）「ホロコーストの新たな語り：イムレ・ケルテース *Fatelessness* における〈子ども〉の語り手」、「父の後悔：クリストファー・ノーラン『ダンケルク』が描く戦争の記憶」、「ニュルンベルクの幻影：ローラ・ナイトは何を描いたのか」（2015, 2017, 2020 *IVY*）など。

囲《かこ》われた空《そら》

もう一人《ひとり》の〈ジョジョ・ラビット〉

2023年2月28日　第1刷発行

【著者】
デジレ・ゲーゼンツヴィ
【原案】
クリスティン・ルーネンズ
【訳者】
河野 哲子

発行者：高梨 治
発行所：株式会社**小鳥遊書房**《たかなし》
〒102-0071　東京都千代田区富士見1-7-6-5F
電話03 (6265) 4910（代表）／FAX　03(6265)4902
https://www.tkns-shobou.co.jp
info@tkns-shobou.co.jp

装幀　鳴田小夜子（KOGUMA OFFICE）
印刷　モリモト印刷(株)
製本　(株) 村上製本所
ISBN978-4-86780-013-3　C0074